다산 정약용이 유배지에서 보낸 편지와 가계 (家誡)

아버지
다산이 보낸
편지와 교훈

글쓴이 **정약용** | 민족문화추진회 편역

도서출판 **문장**

아버지 다산이 보낸 편지와 교훈

1판 1쇄 인쇄 2016. 07. 05
1판 1쇄 발행 2016. 07. 10

글쓴이 정약용
편 역 민족문화추진회
발행인 이은숙
발행처 도서출판 문장
주 소 서울시 강북구 덕릉로14 (수유동)
대표전화 02-929-9495
팩시밀리 02-929-9496
등록번호 제 2015-000023호
등록일 1977. 10. 24

ISBN 978-89-7507-067-9 03810

값 12,000원

아버지 다산이 보낸 편지와 교훈

아버지의 간절한 자식 사랑

부모가 자기 자식을 사랑하는 것은 거의 본능에 가깝다. 또 같은 부모지만 그 중에서도 특히 어머니의 자식 사랑은 거의 헌신적이라고 할 수 있다. 그래서 예나 지금이나 자식을 위해 희생한 어머니의 얘기는 많이 전해지고 우리에게 감동을 준다. 그렇지만 아버지의 경우는 그런 얘기가 별로 없는 것 같다. 그렇다면 아버지는 자식을 별로 사랑하지 않는 것일까? 아니다. 결코 그렇지는 않을 것이다. 시인들의 표현에 따르면 아버지는 '굴욕과 굶주림과 추운 길을 걸어왔으면서도, 아랫목에 모인 아홉 마리의 강아지 같은 자식들을 보며 끝내 미소짓는 분'이다(박목월, 〈가정〉중에서). 또한 '열병으로 앓아 누운 아들을 위해, 눈 속을 헤치고 붉은 산수유 열매를 따오시는 분'이기도 하다(김종길, 〈성탄제〉중에서). 아버지는 자식을 사랑하지 않는 것이 아니라 단지 그 사랑을 겉으로 잘 드러내지 않고 묵묵히 지켜볼 뿐이다.

옛날부터 아들은 아버지를 닮고 딸은 어머니를 닮는다고 하였다. 하기야 어려서부터 보고 들으며 자란 모범이 부모였을 테니 그렇게 되는 것도 당연하다. 따라서 자식들에게 훌륭한 부모의 모습을 보여주는 것이 전통시대의 가정교육이고 인성교육이었다. 그러나 오늘날의 부모, 특히 사업에 바쁜 아버지들은 자녀 얼굴 보기가 너무 힘들다. 자식 교육을 도맡아서 가르치고 야단치는 것은 대부분 어머니의 몫이다. 돈 벌어오느라 지치고 바쁜 아버지는 그저 가끔 마주치는 타인일 뿐이다. '아버지의 부재'라는 말까지 나올 정도이니, 이래서야 가정교육은커녕 대화조차 나누기도 힘들다. 그래서 많은 사람들이 오늘날 청소년 문제의 원인으로 가족간의 대화 단절, 특히 아버지와 자식간의 의사소통 부족을 꼽기도 한다.

조선 후기의 사상가 다산(茶山) 정약용(丁若鏞, 1762~1836)은 당시의 극심한 사회 혼란 속에서 현실 개혁 방안을 마련하고자 부단히 노력하다가, 천주교와 관련되어 강진으로 유배(流配)를 당하고 만다. 그렇지만 다산은 그 역경을 오히려 창조적으로 활용하였다. 18년의 유배생활 동안 실학을 집대성하여 실로 다양한 분야에 엄청난 양의 저술을 남겼으니, 그것이 총 154권으로 출간된 《여유당전서(與猶堂全書)》이다. 민족문화추진회에서는 그 154권 중 시문집(詩文集) 22권을 완역하여 《국역 다산시문집》을 간행하였는데, 그 22권 중 제21권에는 다산이 유배지에서 자식들에게 보내는 편지가, 제18권에는 가계(家誡: 경계의 말씀·교훈)가 들어 있다.

이 책 《아버지 다산이 보낸 편지와 교훈》은 다산의 문집 중에서 편지와 가계 부분만을 따로 골라, 편지는 1부에 가계는 2부에 실었다. 특히 이 가계는 다산의 아내가 시집올 때 입었던 치마를 유배지로 보내오자 그것을 잘라 한지에 붙여 첩(帖)을 만들고 그 위에 경계하는 말을 써서 두 아들에게 보낸 것이라고 한다. 노을처럼 빛바랜 붉은 치마에 썼기에 이것을 '하피첩(霞帔帖)'이라 불렀다는데, 아득한 객지에서 유배생활을 하고 있는 아버지가 어머니의 빛바랜 치마 위에 당부의 글을 썼으니 다산의 말씀대로 '이것을 본 두 아들은 감회가 일었을 것이고 두 어버이의 은혜를 뭉클하게 느꼈을 것'이다.

다산의 유배 생활은 거의 20년 가까이 된다. 그러니 성장기 자식들과 만나지 못한 것이 요즘의 아버지들보다도 훨씬 심했다고 할 수 있다. 아버지로서 자식들을 곁에서 지켜보며 가르치고 이끌어주어야 하는데 그러지 못하는 데 대한 안타까움이 누구보다도 더했을 것이다. 그래서 다산은 편지에서 자기 때문에 폐족(廢族)이 되어버린 데 대한 미안함과 안타까움을 얘기했고, 비록 폐족일지라도 해야 할 일과 지켜야 할 도리가 있으며, 그것을 끝내 지킬 수 있어야 장래에 희망이 있음을 역설했다. 폐족의 자손으로서 어떻게 살아야 하며, 몸가짐은 어떻게 가져야 하고, 친척끼리는 어떻게 지내야 하고, 어떤 친구를 사귀고, 어떻게 공부를 해야 하는가를 아주 상세하면서도 간곡한 어조로 타이르고, 때로는 준엄하게 꾸짖기도 하였다. 그 준엄함 속에 아버지로서의 슬픔과 사랑이 가득 담겨 있음은 물론이다.

다산이 두 아들에게 보낸 편지를 읽으면서, 자식을 만날 수 없어 교육을 못한다는 말은 핑계에 불과하다는 것을 알게 된다. 그러므로 이 책은 만날 수 없는 자식에 대한 그리움과 안타까움을 담아 다산이 두 아들에게 보낸 편지이기도 하지만, 이 시대의 바쁜 아버지들이 아버지보다 더 바쁜 세상의 모든 아들딸들에게 보내는 당부의 편지일 수도 있다. 지금 당장은 아버지의 말씀이 잔소리 같이 들리고 귀찮을지도 모른다. 그렇지만, 언젠가는 그런 잔소리가 필요했음을 깨닫고 또 그 잔소리가 그리워지기조차 할 것이다.

민족문화추진회 편찬실

제2부 아버지의 교훈

제1부
아버지가 보낸 편지

어머니를 잘 모셔라

(1801년 3월 2일, 다산 40세, 하담에 도착하여 보낸 편지)

학연, 학유 보아라.

이별할 때의 아픈 마음이야 말해 무엇하겠느냐. 어느 날 너희 어머니를 모시고 집으로 돌아갔는지? 아무쪼록 집에 가면 조용히 지내기를 바란다.

나는 길을 떠나오면서 몸이 날로 건강해졌다. 그믐날은 죽산(竹山)에서 묵었고 초하룻날은 가흥(嘉興)에서 묵었으며, 오늘은 금방 부모님 산소를 찾아뵙고 떠나왔는데, 어느 곳에 간들 임금님의 은혜가 미치지 않는 곳이 없으니 그저 감사할 뿐이다. 너희 어머니의 안색이 너무 안 좋은데 영양 있는 음식으로 원기를 보하도록 하고 약을 써서 정성껏 치료해 드리도록 하여라. 이만 줄인다.

(9일 유배지 장기에 도착)

형제를 잃은 슬픔

몹시 기다리던 중에 편지를 받아보니 마음에 큰 위로가 된다. 무 (武)의 병세는 아직도 회복이 안 되고 어린 딸도 자꾸 아프다고 하니 민망하고 염려된다.

> • 무(武)는 다산의 큰아들 학연(學淵, 1783~1859)의 아명(雅名). 자(字)는 치수, 호(號)는 유산(酉山)으로 시문에 뛰어나고 의술에도 능했다.

나의 건강은 약을 복용한 뒤로는 대체적으로 좋아져서 가슴이 답답하고 몸을 곧게 펼 수 없는 증세는 완쾌되었으나 왼팔만은 아 직도 예전과 같지 않다. 그러나 이것도 차차 나아질 것이다. 다만 이 달 들어서는 공사(公私)의 애통한 일들로 인하여 밤낮으로 통곡 하고 있으니 어떤 사람의 신세가 이러한지 모르겠다. 더 이상 적 지 않겠다.

(6월 17일)

• 공사로 애통하다는 이야기는 지난해 6월 정조(正祖)가 승하하였는데 이 편지를 쓴 달이 그 첫 주기(週忌)였으며, 이 해에 다산의 셋째형인 정약종이 옥사하였고 가운데 형인 정약전이 유배지인 흑산도에서 죽었으므로 한 말이다.

선비의 길

　날짜를 헤아려보니, 82일 만에 너의 편지를 받았구나. 그 사이에 내 턱에는 흰 수염이 7~8개나 나왔다.

　너희 어머니가 병이 날 것은 이미 짐작하고 있었는데, 형님도 이 질을 앓고 난 뒤라서 모습이 더욱 초췌해졌을 테니 생각하면 너무 괴롭구나. 그러나 신주(薪洲)의 일을 생각하면 가슴이 멘다.

> • 신주는 전라남도 완도군에 있는 섬 신지도를 말한다. 정약전이 처음 에는 이곳에서 귀양살이를 하다가 나중에는 흑산도로 옮겨 갔다.

　반년 동안이나 소식이 끊어졌으니 이러고도 한 세상에 함께 있다고 말할 수 있을까. 나는 육지에서 살고 있는데도 고생이 말이 아닌데, 하물며 신주에서 생활하자면 얼마나 불편하셨을까.

　형수씨의 사정 또한 너무 딱하니 너는 어머니를 섬기듯이 섬기

고, 육가(六哥)도 친형제처럼 대하여 마음을 다해 여러가지로 도와
주도록 하여라.

> • 육가는 정약전의 아들인 봉륙(封六, 1791~1807)의 아명. 여러 형제 중
> 여섯 번째여서 그렇게 불렀다.

그리고 내가 밤낮으로 축원하는 것은 오직 문아(文兒)가 열심히 독
서하는 것뿐이다.

> • 문아는 다산의 둘째 아들 학유(學遊, 1786~1855)의 아명이다.

문아가 선비가 되기를 염두에 두고 있다면 내가 더 이상 무엇을
바라겠느냐. 밤낮을 가리지 말고 부지런히 글을 읽어서 이 아비의
소망을 저버리지 말아라. 팔이 저려서 이만 줄인다.

(9월 3일)

책을 반복해서 읽어라

　너희들은 도(道)를 모두 깨닫고 덕(德)을 다 쌓았다고 생각하여 이제 책을 읽지 않을 것이냐? 금년 겨울에는 꼭 《상서(尙書)》와 《예기(禮記)》 중에서 아직까지 읽지 않은 것을 찾아 읽는 것이 좋겠다. 또한 반드시 《사서(四書)》와 《사기(史記)》도 반복해서 읽어야 한다.

　사론(史論)은 그동안 몇 편이나 지었느냐?

　기초를 튼튼히 연마하고 사소한 표현에 너무 얽매이지 말기를 바란다.

　내가 저술에 전념하는 것은 단지 눈앞의 근심만을 잊으려는 것뿐이 아니다. 아비로서 그리고 형제들에게 이토록 누를 끼친 것을 부끄럽게 여겨 이로써 속죄하고자 함이니 그 뜻이 어찌 엄중하지 않겠느냐.

　예설(禮說)을 유념하지 않아서는 안 되겠으니 《독례통고(讀禮通考)》 4갑을 학손(學孫) 편에 보내다오.

힘들어도 포기하지 말아라

(이하는 강진의 유배지에서 쓴 것임)

학연, 학우 보아라.

편지가 오니 마음에 위안이 된다.

둘째는 필법이 차츰 나아지고 글 읽는 능력 또한 발전이 있는데 나이를 먹은 덕이냐, 아니면 열심히 익혀서 그런 것이냐? 나 때문에 절대로 자포자기하지 말고 성의를 다하고 부지런히 힘써서 책을 읽고, 베끼고, 글 짓는 일에 혹시라도 게을리함이 없도록 하여라.

나로 인해 폐족(廢族)이 되어 글을 배우지 않고 예의를 모른다면 어찌하겠느냐? 보통사람들보다도 오히려 백배의 노력을 기울여야 겨우 사람 축에 들게 될 것이다. 나는 고생이 매우 많다. 그러나 너희들이 책을 읽고 몸가짐을 잘한다는 말을 들으면 그것으로 모든 근심은 없어진다.

첫째는 아무쪼록 4월에는 말을 사서 타고 오도록 하여라. 그러나 헤어질 것을 생각하니 벌써부터 마음이 괴롭다.

(1802년 2월 7일)

예의를 지키지 않으면 짐승과 다를 바 없다

종 석(石)이가 2월 7일에 돌아갔으니 오늘쯤에는 집에 도착하였
으리라 짐작된다.

나는 이달 들어서면서 마음이 더욱 괴롭구나.

> • 이 달 들어서 괴롭다는 것은 다산이 지난해 2월 그의 둘째형인 정약
> 전, 셋째형인 정약종과 함께 옥에 갇혔다가 정약종은 그 달에 옥사하
> 였고, 그 후 정약전 역시 유배지에서 죽었는데 정약종의 기일(忌日)을
> 맞이했으므로 한 말이다.

내가 너희들의 의중을 살펴보니 글공부를 아예 접으려고 하는
것 같은데 정말로 한갓 비천한 무지렁이가 되려고 그러느냐? 대대
로 내려오는 사대부집안일 때는 글공부를 하지 않아도 결혼도 할
수 있고 군역(軍役)도 면할 수 있지만, 폐족이 되어서 글공부를 하지
않는다면 어떻게 되겠느냐? 글자를 모르는 것은 그렇다 치더라도

학문을 하지 않고 예의가 없으면 짐승과 다를 것이 있겠느냐?

폐족 중에 뛰어난 글재주를 가진 사람들이 자주 나오는데, 이는 다름이 아니라 과거 공부에 얽매이지 않기 때문에 그러한 것이다. 절대로 과거에 응시할 수 없다 하여 스스로 좌절하지 말고 경전(經傳)에 힘과 마음을 써서 집안에 글공부를 하는 사람이 끊어지지 않게 하기를 간절히 바란다.

내가 입고 있는 옷은 지난해 10월 1일에 입은 것이라 더 입을 수가 없게 되었다.

(2월 17일)

도리의 오묘함

내가 예서(禮書)를 공부하면서부터는 아무리 힘들고 괴로운 처지에 있을지라도 하루도 거르는 적이 없었다. 사람이 지켜야 할 도리를 아는 것은 마치 파 껍질을 벗기는 것과도 같이 오묘하구나. 네가 왔을 때에 너에게 말해 주었던 내용은 태반이 거친 껍질로서 다시 말해 거의가 근본에서 벗어난 것이었으나, 지금은 작년과 비교하면 거의 본궤도에 올랐다고 할 수 있다. 내 생각에는 진(秦)나라, 한(漢)나라로부터 수천 년이 흐른 지금, 그리고 요만(遼灣)의 동쪽 수천 리 밖에서 수사(洙泗)의 옛 예를 안다는 것은 보통일이 아니다.

> • 수사는 중국 산동성(山東省) 곡부현 수수(洙水)와 사수(泗水)를 말하는데 공자는 이곳에서 강의하였다. 공자의 사상이나 학통(學統)을 일컫는 말이다.

예서가 완성되는 대로 너에게 보내어 너로 하여금 다시 한 권의 책으로 베끼게 하려고 하였는데 아직 좀더 기다려야 되겠다. 이치에 들어맞는 훌륭한 말과 깊고도 중심이 되는 의미에 대해서는 아직도 정리가 덜 되었으니 어쩌겠느냐?

마융(馬融)과 정현(鄭玄)은 비록 유학자라고는 하나 권력이 당시에 막강하여 외당(外堂)에서는 제자들과 더불어 학문을 강론하면서, 내당(內堂)에서는 음악과 기생을 두어 즐겼다.

> • 마융(馬融)은 중국 후한(後漢)의 유학자. 태수에 오르기도 하였으며, 수경(數經)에 통달하여 노식(盧植), 정현(鄭玄) 등을 가르쳤다.

그 생활이 화려하고 사치스러웠으니 당연히 경전을 연구함이 치밀하지 못했을 것이다. 그 뒤를 이은 공안국(孔安國)과 가규(賈逵) 등 여러 사람들도 모두 유림의 달인들이었으나 심성이 정밀하지 못하여 논리가 정연치 못하였다.

그러니 학자란 생활이 궁핍해진 뒤에야 책을 쓰게 된다는 것을 이제 알겠다. 예(禮)라는 것은 매우 총명한 선비도 지극히 궁핍한 지경에 이르러서, 사람들과 수레의 시끄러운 소리가 없는 곳에서 종일토록 혼자 지내며 연구하고 나서야 그 정교한 뜻을 비로소 터득할 수 있는 것이다. 세상에 이처럼 교묘할 수가 있겠느냐. 옛 경전을 자세히 읽은 다음 정현과 가규의 학설을 다시 살펴보니 대부분이 잘못되었더구나. 글공부의 어려움이 이와 같은 것이다.

좋은 책을 가려서 읽어라

책을 가려 뽑아 공부할 때에는 먼저 나의 학문에 주관이 확립된 뒤에야 옳고 그름을 판단할 수 있는 저울이 마음속에 있어서 취하고 버리는 것이 어렵지 않게 되는 것이다. 학문을 하는 요령을 지난번에 말해 주었는데 분명 네가 잊은 게로구나. 그렇지 않다면 무엇 때문에 책을 고르는 데 대한 질문을 하였겠느냐? 언제나 책 한 권을 읽을 때에는 학문에 보탬이 될 만한 것이 있으면 골라 읽고, 그렇지 않은 것은 눈길도 주지 말아야 한다. 그렇게 한다면 비록 백 권의 책이라도 열흘이면 골라 읽을 수 있을 것이다.

《고려사(高麗史)》에 대한 공부는 아직도 착수하지 않았느냐? 젊은 사람이 옛것에 대한 생각과 해박한 견해가 없으니 한탄할 노릇이다. 네 편지 중에 모든 의심나고 모르는 부분을 물어볼 곳이 없다고 한탄하였는데, 과연 네 생각에 참으로 의심나서 견딜 수가 없다면, 왜 조목조목 기록해서 인편에 보내오지 않느냐? 부자간에 스승과 제자가 되는 것 또한 즐겁지 않겠느냐?

학문을 하는 데 있어서 가장 중요한 것은 효(孝)와 제(弟)로써 근본을 삼고, 예(禮)와 악(樂)으로써 아름답게 꾸미고, 정치와 형벌로써 보충하고, 병농(兵農)[부역(賦役)과 재화(財貨) 등을 포함]으로 도움이 되어야 한다. 초서(鈔書)하는 방법은 어떤 종류의 책을 볼 때마다 아름다운 말씀과 착한 행실로서 《소학(小學)》에 실려 있지는 않으나 《소학》에 버금갈 만한 것이 있으면 뽑고, 모든 경설(經說) 중에 새로운 것으로서 출처가 분명한 것을 뽑아낸다.

> • 초서(鈔書)는 책에서 중요한 내용이나 문장을 뽑아 옮겨 쓰는 것을 말한다.

[예경(禮經)도 마찬가지이다.] 자학(字學)이나 운학(韻學) 같은 것에서는 열 가지 중에서 한 가지 정도만 뽑으면 된다. 예를 들어 《설령(說鈴)》에 나오는 오끼나와 기행문 같은 것은 마땅히 병학(兵學)이 될 것이니 뽑고, 농사나 의학 등에 관한 것에 대해서는 먼저 집에 있는 서적을 고찰하여 새로운 학설이라는 것을 확인한 뒤에 뽑도록 하여라.

세상에서 제일 깨끗한 일

(1802년 12월 순조 2년, 다산 41세, 강진 유배지에서)

학연, 학유 보아라.

세상 만물에는 자연 그대로 잘 보존되어온 것이 있는데 이러한 것들은 기이하다고 할 것이 못되며, 오히려 무너지고 훼손되었거나 깨지고 찢어진 것들을 잘 보수하고 다듬어서 잘 보존시킬 때 그 공덕을 더 찬탄할 수 있는 것이다. 그러므로 죽을병을 치료해 살린 사람을 명의라 부르고, 위태로운 성(城)을 구출한 사람을 명장이라고 부르는 것이다.

오늘날 고관대작의 훌륭한 집안 자제들이 벼슬에 오르고 가문의 명성을 이어가는 것은 슬기롭지 못한 사람이라 하더라도 누구나 할 수 있는 것이다. 너희는 지금 폐족인데 만일 그 폐족의 처지에 잘 대처해서 본래의 가문보다 더 잘 보존시킨다면 이 또한 기특하고 아름다운 일이 아니겠느냐?

그 폐족의 처지에 잘 대처한다 함은 무엇을 두고 하는 말인가? 그것은 오직 글공부를 하는 것 한 가지뿐이다. 이 글공부야말로 인간의 제일가는 깨끗한 일로서, 호사스런 부호가의 자제는 그 맛을 알 수 없고 또한 가난한 시골의 수재들도 그 오묘한 이치를 알 수 없다. 오직 벼슬아치 집안의 자제로서 어려서부터 듣고 본 바가 있고, 중도에 재난을 만난 너희들 처지와 같은 사람이라야 비로소 글공부의 이치를 알 수 있는 것이다. 이는 저들이 글공부를 하지 못한다는 것이 아니라, 뜻도 모르고 그냥 읽기만 하는 것을 글공부라고 말할 수 없기 때문이다.

삼대(三代)를 이어오지 못한 의원이 지어주는 약은 복용하지 않는다 하였으니, 문장 또한 그러하다. 반드시 대대로 글공부를 하는 집안이라야 문장에 능할 수 있는 것이다.

돌이켜 보건대 내 재주가 너희들보다는 조금 낫다고 할 수 있겠으나, 내가 어려서는 나아갈 방향을 알지 못하였으며, 15 살이 되어서야 서울에 올라가 유학하였으나 방황하기만 하여 터득한 것이 없었다. 20 살이 되어서야 비로소 과거 공부에 전념하였고, 태학에 들어간 뒤로는 또 문장을 아름답게 만드는 데 힘쓰는 변려문(駢麗文)에 골몰하였고, 뒤이어 규장각에 예속되어서는 하찮은 문장학에 머리를 썩인 지가 10년 가까이 되었으며, 그 후에 또 교서관(校書館)의 일에 분주하였다.

황해도 곡산에 부임해서는 또 백성 다스리는 일에 온 정력을 기울였다가 서울로 돌아와서는 신공(申公), 민공(閔公) 두 분으로부터 탄핵을 받았고, 그 이듬해에는 반염(攀髥)의 슬픔을 겪기도 했다.

> • 신공은 신헌조를 가리키며, 민공은 민명혁을 가리킨다. 다산이 37세 때에 형조참의로 있었는데 그 당시 신헌조와 민명혁으로부터 서학(西學) 관계로 탄핵을 받았다.
> • 반염의 슬픔이란 정조(正祖)가 승하한 것을 말한다. 반염은 용의 갈기를 잡는다는 뜻으로, 황제(黃帝)가 형산 밑에서 솥을 주조하고 있는데 용이 갈기를 늘어뜨리고 내려와 황제가 용의 갈기를 잡고 승천했다는 고사에서 나온 말이다.

경향 각지로 분주히 돌아다니다가 지난 봄에 화를 당하게 되었으니 거의 하루도 글공부에 전념할 수가 없었다. 그러므로 나의 시나 문장은 은하수의 물로 세척한다 하더라도 끝내 부족함을 씻을 수 없고, 그 중에 잘된 것이라 할지라도 홍문관과 예문관체의 틀에서 벗어날 수가 없었다. 그런데 내 수염과 머리는 이미 백발이 희끗희끗해졌고 정력 또한 쇠약해졌으니 이 어찌 운명이 아니겠느냐.

학연아. 너는 재주와 총명함이 나보다는 조금 못하지만 네가 열 살 때 지은 글은 거의 내가 스무 살 때에도 짓지 못했던 것이며, 근래 몇 해 전에 네가 지은 것은 오늘날 나로서도 지을 수 없는 것이 더러 있으니, 이는 네가 공부한 길이 멀리 우회하지 않았고, 듣고 보아온 지식이 조잡하지 않은 때문이 아니겠느냐.

네가 곡산으로부터 돌아온 뒤로 나는 너에게 과거공부를 하라고 하였는데, 그 당시 너를 아끼던 문인이나 시인들이 모두 나의 욕심이 많음을 탓하였고, 나도 또한 스스로 겸연쩍었다. 이제는 네가 과거에 응시할 수 없게 되었으니, 과거공부에 대한 걱정은 잊게 된 것이다. 나는 네가 이미 진사가 되고 문과에 급제했다고 여긴다. 글을 알고 있으면서 과거에 대한 부담이 없는 경우와 진사가 되고 과거에 급제를 한 경우 중 어느 경우를 택하겠느냐? 너는 진정 글공부를 할 기회를 만난 것이다. 앞에서 내가 '폐족의 처지에 잘 대처해야 한다.'고 말한 것이 이것이 아니겠느냐?

학유야. 너는 재주와 역량이 너의 형보다는 조금 못한 듯하나 성품이 자상하고 사려가 깊으니 진실로 글공부에만 전념한다면 어찌 너의 형보다 못할 수 있겠느냐. 근래에 보니 네 문장이 점점 나아지고 있기 때문에 그렇다는 것이다.

글공부에는 반드시 먼저 기본을 세워야 한다.

무엇을 기본이라 하는가? 부모에 대한 효도와 형제에 대한 우애인 효제(孝悌)가 그것이다. 모름지기 먼저 효제에 힘써 기본을 세운다면 학문은 자연히 몸에 배게 되는 것이다. 학문이 몸에 배게 되면 글공부는 별도로 그 순서를 따질 필요도 없는 것이다.

나는 천지간에 외롭게 살면서 의지할 것은 오로지 글과 붓일 뿐이다. 간혹 한 구절, 한 편의 마음에 드는 글을 짓게 되면 나 혼자 읊조리고 감상하다가, 이윽고 '이 세상에서 오직 너희들에게만 보여줄 수 있다.'고 생각하는데, 너희들의 생각은 멀리 연나라나 월나라처럼 떠나 있어 책의 글자 보기를 쓸모없는 물건처럼 여기고 있구나.

세월이 흘러 몇 해를 지나 너희들이 나이가 들어서 기골이 장대해지고 수염이 길게 자라면 얼굴을 마주 대하기가 싫어질 것인데, 그때 가서 이 아비의 글을 읽으려 하겠느냐. 나의 생각에는 조괄이 아비의 글을 잘 읽었으니 그래도 훌륭한 자제라고 여겨진다.

• 조괄(趙括)은 중국 전국시대 조(趙)나라의 명장인 조사(趙奢)의 아들. 아버지로부터 병법을 배웠는데 후일 조나라의 장군이 되어 진(秦)나라 군사와의 싸움에서 병법을 활용할 줄 몰라 대패하여 죽고 조나라의 40만 대군을 전멸시켰다. 여기서는 조괄이 아버지의 병서를 잘 읽은 것을 가리켜 말한 것이다.

너희들이 만일 글공부를 하려고 하지 않는다면 이는 나의 저서가 쓸모없게 되는 것이요, 나의 저서가 쓸모없게 되면 나는 할 일이 없게 되어, 장차 눈을 감고 신경을 쓰지 않아 흙으로 만들어 놓은 우상이 될 것이니, 그렇게 되면 나는 열흘도 못되어 병이 날 것이요, 병이 나면 고칠 수 있는 약도 없을 것이다. 그렇다면 너희들이 글공부를 하는 것이 나의 목숨을 살리는 일이 아니겠느냐. 너희들은 이것을 명심하여라.

내가 지난번에도 여러 번 말하였다마는 명문 사대부집안은 비록 글공부를 하지 않는다 할지라도 저절로 존경을 받게 되지만, 폐족이 되어 학문에 힘쓰지 않는다면 더욱 꼴불견이 아니겠느냐. 다른 사람들이 천시하고 세상에서 비루하게 여기는 것도 슬픈데 지금 너희들은 스스로 자신을 천시하고 비루하게 여기고 있으니, 이는 너희들 스스로를 비참하게 만들고 있는 것이다. 너희들이 끝내 배우지 않고 스스로 포기해 버린다면 내가 써 놓은 것들과 간추려 뽑아 놓은 것들을 장차 누가 모아서 책을 엮고 바로잡아 보존시키겠느냐. 그렇게 할 수 없다면 이는 나의 글이 끝내 전해질 수 없게 되는 것이다. 내 글이 전해지지 못한다면 후세 사람들은 단지 사헌부의 탄핵과 그 죄 상만을 나열한 논고만을 보고서 나를 평가하게 될 것이니, 나는 장차 어떠한 사람이 되겠느냐. 너희들은 아무쪼록 이 점을 생각해서 분발하여 학문에 힘써 나의 이 한 가닥, 글공부를 하는 가풍이 너희들에게 이르러 더욱 커지고 더욱 왕성해지게 하여라. 그렇게 되면 훌륭한 집안의 좋은 벼슬도 이러한 청빈하고 고귀함과 바꿀 수는 없을 것이다. 무엇 때문에 이를 외면하고 도모하지 않느냐.

경제에 관한 서적을 즐겨 읽어라

근래에 몇몇 젊은이들이 원(元)나라와 명(明)나라의 경박한 사람들이 지은 보잘것없는 문장을 가져다가 그대로 모방해서 절구(絶句)나 짧은 시를 짓고는, 당당하게 당세에 뛰어난 문장이라고 자부하면서 거만하게 남의 글을 폄하하며 온통 휩쓸려고 하는데, 나는 이들을 딱하게 여긴다.

> • 절구란 한시(漢詩) 근체시(近體詩)의 하나.

문장은 반드시 먼저 경학(經學)으로써 기본을 확고히 세운 뒤에 역사책을 탐독하고 정치의 득실과 세상 물정의 근원을 알아야 한다. 또 모름지기 실용적인 학문에 마음을 써서 옛사람들의 경제에 관한 서적을 즐겨 읽고서 마음속에 항상 만백성을 윤택하게 하기 위해 모든 사물을 기르려는 마음을 가져야 비로소 글공부를 하는 군자가 될 수 있는 것이다. 이와 같이 한 뒤에 혹 안개 낀 아침과 달 밝은 밤, 짙은 녹음과 가랑비 내리는 것을 보면 시상이 떠오르고 구상이 일어나서 저절로 읊어지고 저절로 이루어져서 천지자연의 소리가 맑게 울려 나올 것이니, 이것이 바로 생동하는 시인 것이다. 나의 이 말을 실제와는 거리가 멀다고 생각하면 안 된다.

수십 년 이래로 최근 괴이한 일련의 의논이 있어서 우리나라의 문학을 크게 배척하여 모든 선현의 문집에 눈을 돌리려 하지 않는데 이는 큰 문제이다. 사대부의 자제로서 나라의 전통과 역사를 알지 못하고 선배의 문집을 읽지 않는다면, 비록 그의 학문이 고금을 꿰뚫었다 할지라도 응당 조잡하게 될 것이다. 시집은 서둘러 볼 필요가 없으나, 임금에게 올리는 상소문, 묘의 비문, 편지 등을 읽어 모름지기 안목을 넓혀야 할 것이다. 또 임진왜란 이후의 당쟁에 관한 기록을 모은 《아주잡록》, 그리고 《반지만록》, 《청야만집》 등도 두루 찾아서 모두 읽지 않으면 안 될 것이다.

효도는 작은 것부터 실천하라

어버이를 섬김에는 그 뜻을 받드는 것이 가장 중요하다. 그러나 부인들의 관심은 의복이나 음식, 거처하는 것에 있으니 어머니를 섬길 때는 사소한 것부터 유의하여야 효도하는 데 좋은 방편이 되는 것이다. 《예기(禮記)》 내칙(內則) 편에 기록되어 있는 것 중에는 음식에 관한 것과 소소한 내용이 많이 있다. 이것은 성인의 가르침도 세상 물정을 잘 알고 시작하라는 것이지 실제와 거리가 멀거나 미묘한 것부터 시작하라는 것이 아님을 알 수 있다. 요즘 보면 사대부 집안의 부녀자들이 부엌에 들어가지 않은 지가 오래되었다. 네가 한번 입장을 바꾸어 생각해 보아라. 부엌에 들어가는 것이 무엇이 해로우냐. 잠깐 연기를 쏘일 뿐이다. 며느리가 부엌에 들어가면 시어머니의 환심을 얻게 되어 효부가 되고, 법도 있는 집안의 기틀도 이루게 될 것이니, 이 또한 효도이며 지혜가 아니겠느냐. 그리고 새벽에 문안드리고 저녁에 잠자리를 보살펴 드릴 때에 만일 이불 밑 방바닥이 찬 것을 느끼게 되면, 너희 형제들은 노비를 불러 시키지 말고 너희들 스스로가 나무를 가져다 불을 지펴 따뜻하게 하여라. 잠깐 연기를 쏘이는 수고에 지나지 않지만 네 어머니의 기쁜 마음은 헤아릴 수 없을 정도일 텐데 어찌 이 일을 즐거하지 않을 수 있겠느냐.

노비들이 어머니와 아들, 시어머니와 며느리 사이를 이간하게 되는 것은 대부분 아들이나 며느리가 그 효도를 극진히 하지 못하여 어머니나 시어머니가 한탄하는 마음을 품고 있는 데서 비롯되는 것이다. 그렇게 되면 노비들은 그 틈을 엿보고 한갓 장 한 숟갈, 맛있는 과일 하나를 올려 그 충성을 바치고는 골육의 사이를 떼어 놓는데, 그 잘못은 오히려 자식에게 있는 것이지 노비에게 있는 것이 아니다. 아무쪼록 이 점을 생각하여 경각심을 갖고 온갖 방법을 다하여 네 어머니의 마음을 기쁘게 해 드려라. 그리하여 두 아들은 효자가 되고 두 며느리는 효부가 된다면, 나는 금릉에서 이대로 늙어 죽는다 하여도 유감이 없을 것이니 힘써 노력하여라.

• 금릉(金陵)은 전라남도 유배지 강진을 가리킨다.

기년아람의 문제점

학연, 학유 보아라.

《기년아람(紀年兒覽)》을 나도 처음에는 좋은 책이라 생각했었는데 지금 자세히 살펴보니 소문처럼 좋은 책은 아니더구나.

> • 《기년아람》은 조선 후기의 학자 이만운(李萬運)이 편찬한 중국과 한국의 역사서. 《중국동방기년아람(中國東方紀年兒覽)》을 1777년(정조 1)에 이덕무(李德懋)가 수정과 보완한 후 다시 저자가 재정리하여 완성하였다. 권4까지의 앞부분에는 중국 역사에 대한 내용을, 뒷부분에는 한국 역사를 수록하였다

이는 《기년아람》의 본래 의도가 해박한 지식과 많은 견문을 자랑하는 데 있고, 실용적이며 실리적인 것에는 소홀했기 때문이다. 그리고 책 내용이 번잡하여 요점 정리가 제대로 되지 않았고, 간략한 것 같으면서도 쓸데없는 것이 많다. 이제 그 한두 가지 예를 들어 보겠다.

중국 태고 시대의 전설적인 임금을 말하는 천황(天皇)과 지황(地皇)이란 이름은 세상 이치를 깨달은 선비들이 흔히 거론하는 이름이 아니다. 중국의 요순(堯舜) 때부터 주나라 때까지의 정사(政事)를 기록한 서경(書經)은 요(堯) 임금 때부터 시작하였으며, 정사(正史)에도 황제부터 시작하였으니 황제 이상은 그 연수만을 대략 기록해야 되는 것이지 서경에서 전하는 것처럼 편집해서는 안 되는 것이다. 요 임금 이하의 네 글자를 잘라서 이를 격식으로 삼아 우리나라의 연대를 기록하는 것은 고금의 어떤 책에도 이런 경우가 없다.

'파계(派系)' 라는 두 글자는 이치에 맞지 않는다. '파' 라는 것은 물줄기의 갈림을 뜻하는데 문중(門中)을 말하는 족당(族黨)의 계보를 '족파(族派)' 라고는 할 수 있으나, 지금 그 부모를 기록하면서 그 항목을 '파계' 라고 하면 되겠느냐. 저서를 함에 있어서는 표제를 달 때 가장 조심하여야 한다.

《기년아람》 중에 '고실(故實)' 이라고 칭한 것을 각각의 항목에 나누어 싣기도 하고 '고이(攷異)' 라고 칭한 것도 각 표제 밑에 섞어 싣기도 하였다. 저서를 함에 있어서는 조례(條例) 또한 철저하게 정리해야 되는데 이처럼 뒤죽박죽으로 해 놓아서는 안 된다.

천황씨(天皇氏)는 애당초 다른 이름이 없는데 어찌하여 이칭(異稱)을 고찰하는 고이(攷異)에 실었는지 모르겠다.

'화한합운이신축위원년(和漢合運以辛丑爲元年)' 에서도 '화한합운원년신축(和漢合運元年辛丑)' 이라고 해야 되는데, '以(이)' 와 '爲(위)' 두 글자를 넣은 것은 우리나라의 글쓰는 습관 때문일 것이다.

《기년아람》은 대체로 글자마다 문제가 있고 구절마다 잘못투성이어서 이루 다 지적할 수가 없다. 이를 요령 있게 편집한다면 한두권 정도로 읽기에 편리하게 만들 수 있을 것이다. 내가 돌아가서 정리하려고 하는데 열흘 정도면 해결할 수 있을 것이다. 다만 《외국기년(外國紀年)》 1권은 아무 종이에라도 우선 대강 베껴서 당장 참고로 삼도록 하여라. 너도 또한 이 책을 소문만 듣고 헛되이 흠모해서 좋은 책으로 생각하고 있는데 젊은 사람의 안목이 너무 안타깝다.

탐진악부와 마과회통

《탐진악부(耽津樂府)》를 너는 어찌하여 이토록 칭찬하느냐. 부자간에는 서로 칭찬하는 법이 아니다.

> • 탐진은 유배지 강진의 옛이름이다. 다산이 강진에 있으면서 그 지방의 민요나 민담을 수집하여 한시(漢詩)로 옮겨놓은 책이 탐진악부이다.

너는 왜 홍씨본(洪氏本) 《마과회통(麻科會通)》 한 질을 사다가 집에 있는 것과 대조하여 내 저서를 완전히 그대로 인용하였는지, 아니면 일부분만 뽑아서 인용하였는지를 알아보지 않고 매번 떠도는 풍문만을 듣고 모호하게 편지를 하느냐.

> • 마과회통은 다산이 황해도 곡산부사(谷山府使)로 있을 때에 지은 것으로 홍역치료에 대한 의학전문서적이다.

만일 나의 저서인 《마과회통》을 그대로 인용하였다면, 이는 반드시 홍초관(洪哨官)으로부터 얻었을 것이다.

일지록과 성호사설의 문제점

《일지록(日知錄)》에 실려 있는 학술과 논의(論意)는 너무나 내 마음에 들지 않는다.

> • 《일지록》은 중국 명(明)나라 말기에서 청(淸)나라 초기의 고증학자인 고염무(顧炎武)가 지은 책으로 경사(經史)의 고증을 모아 기록한 것이다. 모두 32권으로 되어있다.

왜냐하면 이 책의 본질적이고 근본적인 것은 정론(正論)에 있는데 실제로는 진정한 정론이 아니고 세상 사람들이 정론이라고 하는 것을 가져다 명성만 보전하려고 하여, 그 진실성을 찾아볼 수 없기 때문이다. 그 시대를 근심하고 세상을 개탄한 것도 모두 뒤죽박죽이고 조잡하며 깨끗하지 못한 의사(意思)로 표현되어 있어 나처럼 성품이 외곬인 사람은 의심의 눈초리로 볼 수밖에 없다. 또 사전에 있는 말을 뽑아 자기의 이론과 뒤섞어서 책을 만들었으므로 더욱 난잡하다.

나는 이미 《성호사설(星湖僿說)》은 후세에 전할 만한 올바른 책이 되지 못한다고 하였는데, 그 이유는 옛사람이 만들어 놓은 글과 자신의 주장을 뒤섞어서 책을 만들어 올바른 체계를 갖추지 못했기 때문이다. 《일지록》도 이와 같으며 예론(禮論)에 있어서는 특히 오류가 더 많다.

> • 《성호사설》은 이익(李瀷)이 천지(天地), 만물(萬物), 인사(人事), 경사(經史), 시문(詩文) 등을 차례로 분류하여 지은 책으로 모두 30권으로 되어있다.

하늘을 감동시키는 효도

　마음대로 웃고 즐기는 것이 무슨 허물이 되겠느냐만, 진실로 하늘을 감동시키는 효자라면 그 아버지가 귀양살이하는 것을 생각해서라도 초췌한 모습이 밖으로 나타나 근심하는 것같이 보이는 것이 올바른 처신이라 하겠다. 그러나 너는 이미 평범한 사람이니 때때로 웃고 즐기는 것 또한 자연스러운 일이다. 이것 때문에 너를 위하여 걱정하는 마음 금할 수가 없구나. 온 집안이 너에게 부모의 상을 당한 예절로서 처신할 것을 강요하고 있는데, 내가 아직 죽지도 않았는데 어떻게 성급히 머리를 풀고 얼굴이 검정빛이 되어 슬퍼하기만 하고 웃지도 못해서야 되겠느냐.

　너희들의 억울함에 대해서 내가 이미 말하였는데, 내가 이제 너희들을 책망할 수 있겠느냐. 자식으로서 지켜야 할 간단한 예절과 올바른 행실은 부모님께 새벽에 문안을 드리고 저녁에 이부자리를 잘 깔아드리는 바로 그런 일이다. 그런데 내가 지금 이곳에 있으니 그러한 예절을 나에게는 지킬 수가 없게 되었지만, 형님은 연세가 이미 많으시니 너희들 도리로는 아침에 한 번 가서 문안을 드리고 저녁에 한 번 가서 이부자리를 잘 보살펴드리도록 하여라. 이것은 사람의 모습을 갖추었다면 꼭 해야 될 일이다.

성실함이 최우선이다

너희들이 성실하지 못하다는 두 글자[불계(不誠)]는 변명할 수 없을 것이다. 너희들이 나의 말을 거행함에도 성실하지 못한 것이 이루 헤아릴 수 없이 많은데, 더구나 그 밖의 다른 일에 있어서야 오죽하겠느냐. 앞으로는 본래의 선한 마음을 다하여 《대학(大學)》의 성의장(誠意章)과 《중용(中庸)》의 성신장(誠身章)을 써서 벽에 걸어 놓고 큰 용기를 내서, 다리를 튼튼히 세워 물살이 센 여울로 배를 타고 거슬러 올라간다는 노력을 기울여 성의(誠意) 공부에 힘써 매진하도록 하여라. 성의 공부는 가장 먼저 거짓말을 하지 않는 것에서부터 힘써야 한다. 한마디라도 거짓말을 하는 것을 세상의 가장 큰 죄악으로 생각하여야 한다. 이것이 성의 공부에서 가장 먼저 시작해야 하는 단계이다.

옳은 것을 지켜 이익을 취하라

(1816년 5월 3일, 순조 16년, 다산 55세)

학연 보아라.

보내준 편지 잘 읽어 보았다.

천하에는 두 가지 큰 기준이 있는데 하나는 옳고 그름의 기준이요, 다른 하나는 이롭고 해로움의 기준이다. 이 두 가지 큰 기준에서 네 종류의 큰 등급이 생기는 것이다. 옳은 것을 지켜서 이익을 얻는 것이 가장 높은 등급이요, 그 다음은 옳은 것을 지켜서 해를 받는 것이며, 그 다음으로는 나쁜 것을 좇아 이익을 얻는 것이며, 가장 낮은 등급은 나쁜 것을 좇아서 해를 보는 것이다. 너는 지금 나로 하여금 필천(筆泉)에게 편지를 보내어 굴복하라 하고, 또 강(姜)가와 이(李)가에게 애걸하라고 하는데, 이는 세 번째 등급을 구하고자 하는 것인데 끝내는 네 번째 등급으로 떨어지고 말 것이 뻔한데 내가 무엇 때문에 그런 짓을 하겠느냐.

조장령(趙掌令)이 한 일은 나에게 있어 불행한 일이다. 하루사이에 나에 대한 상소를 정지시키고 그에 대한 상소를 올렸으니, 그의 노여움을 어떻게 피할 수 있겠느냐.

그러나 이미 일이 이렇게 되었으니 또한 순리적으로 받아들일 뿐이다. 동정을 애걸한다고 한들 무슨 도움이 되겠느냐. 강가가 작년에 한번 올렸던 상소는 강가에게 있어서는 이미 쏘아버린 화살이다. 강가는 지금부터 죽는 날까지 오직 나만을 욕하면서 살아갈 뿐인데, 내가 지금 아무리 그에게 동정을 애걸한다 한들 어찌 다른 사람들에게 나를 성토하는 일을 늦추고 자신의 과오를 뉘우치려 하겠느냐. 강가가 이미 이와 같고 이가도 또한 마찬가지이니, 이가가 강가와 의견을 달리해서 나에 대한 성토를 늦추어 줄 리 만무하다. 내가 이가에게 동정을 구한다고 한들 장차 무슨 도움이 되겠느냐. 강가와 이가가 다시 뜻을 이뤄 요직에 있게 된다면 반드시 나를 죽이고야 말 것이다. 그들이 나를 죽인다 할지라도 어떻게 할 도리가 없고, 오직 순순히 받아들일 수밖에 없을 뿐인데, 하물며 관문(關文)을 내는 것을 저지하는 소소한 일에 절개를 잃을 수야 있겠느냐.

> • 관문이란 조선시대에 상관이 하관에게 보내던 공문을 말한다.

그러나 나는 절개를 지키는 사람은 아니더라도 세 번째 등급도 될 수 없음을 알기 때문에 다만 네 번째 등급으로 떨어지는 것만은 면해보려고 할 뿐이다. 내가 한번 그들에게 동정을 구걸한다면 홍의호, 강준흠, 이기경 세 사람이 모여 비웃으면서 이렇게 말할 것이다.

"저 사람은 참으로 간사한 자이다. 가련한 말로써 우리를 기만할 뿐이며 그가 서울로 올라온 뒤에는 반드시 독설로 우리를 죽이고 말 것이다. 아! 몸서리쳐진다."

겉으로 빈말로는 풀어주자고 하면서, 안 보이는 곳에서는 말뚝을 박아놓고 넘어지기를 기다리며, 덫을 놓고 돌을 던지며, 마치 수리처럼 사납게 대할 것이다. 이렇게 되면 나는 네 번째 등급으로 떨어지지 않을 수가 있겠느냐. 내가 광대가 아니거늘 너는 어찌하여 내가 그들의 장단에 맞춰 춤추기를 바라느냐.

필천과 나는 본래 털끝만한 감정도 없었는데, 갑인년[1794년] 이후로 아무런 까닭없이 나에게 허물을 덮어씌운 것이다. 그러다가 을묘년[1795년] 봄에 이르러서 원태(元台)가 나의 억울함을 알고는 분명히 밝혀 그 전의 오해는 물 흐르듯 구름 걷히듯 없어졌다. 신유년[1801년] 이후로 편지 한 장이라도 서로 주고받아야 한다면 그 사람이 먼저 나에게 해야 하겠느냐, 내가 먼저 해야 하겠느냐. 그런데 그 사람은 나에게 편지 한 장 없으면서 도리어 나에게 편지를 보내지 않는다고 나무라니, 이는 기세를 부려 나를 지렁이처럼 보고 있는 것이다. 그런데 너는 누가 먼저 글을 전해야 하는가를 한마디도 밝히지 않고서 머리를 조아리고 그 사람의 말만 옳다고 하고 있으니 너 또한 부귀영화에 현혹되어 부모를 천시하고 업신여기는 것은 아니냐. 이 어찌 슬프지 않으냐. 그 사람은 나를 모욕하며 하찮은 폐족으로 여겨 먼저 편지를 하지 않고 있는데, 내가 고개를 숙여 뻔뻔스런 낯으로 먼저 동정을 구걸하는 편지를 쓴다는 것이 말이나 되느냐. 천하에 어찌 이러한 경우가 있겠느냐.

내가 돌아가고 돌아가지 못하는 것이 진실로 큰일이기는 하지만, 죽고 사는 것에 비하면 하찮은 일이다. 사람이란 경우에 따라 생선을 버리고 곰의 발바닥인 웅장(熊掌)을 취하여야 할 경우가 있

> • 웅장이란 맹자(孟子) 고자하(告子下)에 "생선도 내가 원하는 바요, 웅장도 내가 원하는 바이지만 두 가지를 모두 얻지 못할 바에는 생선을 버리고 웅장을 취하겠다"는 말을 인용한 것으로 생명을 버리고 의리를 택해야 할 경우가 있다는 뜻이다.

는데, 하물며 돌아가고 돌아가지 못하는 하찮은 일 때문에 아양을 떨면서 동정을 구걸한다면, 만일 나라 국경에 난리가 일어났을 경우 자기 군대를 버리고 적에게 투항하지 않을 자가 과연 몇 사람이

나 되겠느냐. 내가 살아서 고향으로 돌아가는 것도 천명이요, 살아서 돌아가지 못하는 것도 천명이다. 그러나 사람이 해야 할 도리를 닦지 않고서 천명만을 기다리는 것은 또한 이치에 맞지 않는 일이다. 나는 사람이 닦아야 할 도리를 다했지만 그래도 끝내 돌아가지 못한다면 이 또한 천명일 뿐이다. 강가 그 사람이 어떻게 나를 돌아가지 못하게 할 수 있겠느냐. 걱정하지 말고 세월을 기다리는 것이 가장 합당한 도리이니, 다시는 그러한 말을 하지 말아라.

인간이 귀한 것은 **양심**이 있기 때문이다

(1816년, 6월 4일, 순조 16년, 다산 55세)

학연, 학유 보아라.

옛날에 부모의 부음(訃音)을 듣고 집으로 급히 돌아가는 분상(奔喪)의 예절은 반드시 부모상을 당했을 때만 하는 것이 아니었다. 그런데 너희들 형제는 한 사람은 출타하고 한 사람은 집에 있으면서도 상을 당했다는 말을 듣고 문상을 다녀왔다는 말은 없으면서, 한갓 아비를 꾸짖어 권세가의 명령을 전하면서 빨리 고개 숙여 항복하라고 하니 너희들은 어찌하여 이처럼 한 점의 양심도 없단 말이냐. 인간을 귀하게 여기는 까닭은 반드시 한 점의 양심이 있기 때문이고, 한 점의 양심이 있어야 인간 구실을 할 수 있는 것이다. 옛날 의리가 있던 북지왕(北地王) 침(諶)도 진실로 사소한 이익을 위해서는 안 될 행동을 할 줄 몰라서 그랬겠느냐.

• 북지왕 침은 중국 삼국시대 촉한(蜀漢)의 후주(後主) 유선(劉禪)의 아들. 촉한이 위(魏)나라 장군 등애(鄧艾)의 침공을 받고 수도인 성도(成都)가 함락될 위기에 처하게 되자 유선은 항복할 것을 결심하였다. 이때 북지왕 침은 항복하지 말고 끝까지 싸울 것을 주장하였으나 유선이 듣지 않자 유비(劉備)의 사당에 가서 통곡하고 처자들을 죽인 다음 스스로 자결하였다.

너희들은 심중에 사대부의 기상은 한 점도 없고 오로지 권세가의 집안, 호의호식하고 사는 집안을 보고 부러워하고 침을 흘리며 마음속으로 흠모하면서 이 아비는 다시는 돌아볼 필요도 없는 사람으로 생각하고 있는 것은 아니냐. 그리고 마침내는 아비를 위협하여 아비로 하여금 해서는 안 될 일을 하게 하려고 하는데 이게 어찌된 일이냐. 다른 사람이 이 아비를 개나 염소처럼 업신여기고 있는데도 너희들은 부끄러워할 줄을 모르고 이처럼 나를 다그쳐 그런 일을 하도록 하면서, 감히 저들의 비웃고 냉소하는 말을 아비에게 전한단 말이냐. 가령 저들의 권력이 꺼진 불을 다시 일으켜 나를 공격해서 추자도나 흑산도로 보낸다 할지라도 나는 머리카락 하나 까딱하지 않는다.

이기경(李基慶) 등이 채정승(蔡政丞)[채제공(蔡濟恭)]을 떠받드는 속셈은 알기 어렵지 않다. 경기 이남과 영남 지방에서 채정승을 부모처럼 사모하지 않는 이가 없고, 그런 정서를 불식시킬 수가 없으니 채정승의 당파를 공격하고서는 끝내 오인(牛人)[남인(南人)]을 통합시킬 가망이 없는 것이다. 그래서 그들이 그러한 행동을 하고 있는 것이니 그들의 속셈은 뻔한 것이다.

형님을 흠모하면서…

(1816년 6월 17일)

학연, 학유 보아라.

6월 6일은 형님[정약전]이 세상을 버리신 날이다.

아! 이 안타까운 마음을 어디에 비한단 말이냐. 원통하여 이 무너지는 마음을 호소하니 목석도 눈물을 흘리는데 다시 무슨 말을 하겠느냐. 외로운 이 세상에 우리 손암[巽菴, 정약전의 호] 선생만이 나의 지기였는데, 이제는 잃어버렸으니 앞으로는 비록 학문에 터득하는 바가 있더라도 어느 누구에게 말할 사람이 있겠느냐. 나를 알아주는 사람이 없다면 이미 죽은 목숨이나 다름이 없는 것이다. 너희들 어머니가 나를 알아주지 못하고, 자식들도 나를 알아주지 못하고, 형제 일가들도 모두 나를 알아주지 못하는 처지에 나를 알아주던 형님이 돌아가셨으니 이 어찌 슬프지 않겠느냐.

경집(經集) 240책을 새로이 장정하여 책상 위에 놓아두었는데, 내가 장차 그것을 불살라 버려야 한단 말이냐. 율정(栗亭)의 이별이 영원히 견디기 힘든 애절한 슬픔이 되었구나.

• 율정은 전라북도 나주 북쪽에 있는 주막거리를 말한다. 1801년 다산은 강진으로, 그의 형 정약전은 흑산도로 유배가면서 이곳에서 마지막 이별을 했다.

그처럼 큰 덕과, 큰 그릇, 깊은 학문과 치밀한 지식을 너희들은 알아보지 못하고, 다만 그 실제의 내면이 아닌 외면만을 보고 진부하다고 하면서 조금도 흠모하지 않았다. 자식이나 조카들도 이와 같은데 다른 사람들이야 말해서 뭐하겠느냐. 이 애통함은 다른 어떤 애통함과도 비교할 수가 없는 것이다.

요즘 세상에 그 고을 수령이 서울로 올라갔다가 다시 고을에 올 때는 백성들이 모두 길을 막고서 들어오지 못하게 한다는 말은 들었지만, 귀양살이하는 사람이 다른 섬으로 옮겨 가려 하자 그 섬의 주민들이 길을 막고 더 머물게 하였다는 말은 들어보지를 못했다.

• 정약전이 처음 신지도로 유배되었다가 서울로 압송되고, 다시 흑산도로 옮겨갔는데 신지도의 주민들이 길을 막고 그를 못 가게 하여 더 머문 적이 있었다.

집안에 이처럼 덕망이 큰 분이 계신데도 자식이나 조카들조차 알아주지 않으니 이 얼마나 원통한 일이냐. 선대왕[정조대왕]께서 모든 신하들의 인품을 확실히 판단하시면서 항상 우리 형제들을 두고 평하시기를 '형이 동생보다 낫다'고 하셨으니, 아아! 임금께서는 우리 형님을 참으로 알아주신 것이다.

조상의 업적을 기록으로 남겨라

학연, 학유 보아라.

무릇 국사(國史)나 야사(野史)를 읽다가 집안 선대의 업적이 있는 부분을 보면 즉시 한 권의 책에 뽑아서 기록해야 할 것이며, 선배의 문집을 볼 때에도 그렇게 하여야 한다. 이처럼 오랫동안 계속하다보면 책으로 만들어지게 되고, 한 집안의 기록인 가승(家乘)에 누락된 부분도 보충할 수 있을 것이다. 비록 주변 친척의 업적이라 하더라도 모두 모아두었다가 나중에 그 후손을 만나면 전해 주도록 하여라. 그렇게 하는 것도 효도를 넓혀 나가는 한 방법이다.

선배가 우리 선대의 일을 기록해 놓은 것 중에 틀린 곳이 있으면 의당 그 연월일을 찾아내어 그렇지 않음을 밝혀내야 한다. 또한 선조께서 친하게 교제하던 분들에 대해서도 반드시 그 후손을 찾아서 어느 집안인가를 알아 두었다가 나중에 혹시 그들을 만나게 되면 친절하게 선대부터 지내오던 정의(情誼)를 이야기하여라. 이것이 훌륭한 자손이 되는 기본적인 도리이니 힘쓰도록 하여라.

비록 성(姓)이 다르더라도 가까운 친족은 모두 자세히 알아두어야 한다. 증조모의 집안은 육촌까지 한계를 정하고, 조모의 집안은 8촌까지를 한계로 정하여 한 권의 책에 기록하여 놓았다가 혹시 서로 만나게 되면 반드시 친척의 정을 나누도록 하여라. 이것이 사대부 집안의 법도이다.

학문에도 때가 있는 것이다

(1808년 겨울, 순조 8년, 다산 47세)

학연 보아라.

네 아우 학유의 재주는 너보다는 조금 뒤지는 감이 있으나 금년 여름에 고시(古詩)와 산부(散賦)를 짓게 하였더니 좋은 작품이 많이 나왔다. 가을에는 《주역(周易)》을 베끼는 일에 전념해서 비록 글공부는 하지를 못했으나 그 식견이 조잡하지는 않았으며, 근래에 《좌전(左傳)》을 읽으면서는 선왕들의 제도와 문물 그리고 관료들의 법령을 상당히 배워서 어느 정도 경지에 올랐다. 그런데 너는 재주가 아우보다 크게 뛰어나고, 초년에 글공부를 익혀 아우보다 기초가 잘 갖추어져 있다. 이제 만약 크게 뜻을 세우고 분발해서 학문을 한다면, 서른 살 이전에 큰 유학자로서 명성을 얻게 될 것이다. 그러니 용사행장(用舍行藏)을 군이 말하지 않아도 되지 않겠느냐.

• 용사행장이란 출세하게 되면 출세하고 은둔하게 되면 은둔한다는 뜻. 쓰여지면 도를 행하고 버려지면 도를 간직한다는, 논어(論語) 술이 (述而)에 나오는 말이다.

자질구레한 시율로는 아무리 명성을 얻는다 할지라도 쓸모가 없을 것이니 아무쪼록 금년 겨울부터는 《상서(尙書)》와 《좌전》을 읽도록 하여라. 이 둘은 비록 어려워서 읽기가 힘들고, 난해해서 의미가 심오하기는 하지만 이미 주해가 있으니 마음을 가라앉히고 연구하면 읽을 수 있을 것이다. 그리고 한편으로는 《고려사》, 《반계수록》, 《서애집(西厓集)》, 《징비록(懲毖錄)》, 《성호사설》, 《문헌통고(文獻通考)》 등의 서적을 읽고 그 요점을 정리하는 일 또한 해야 될 일이다.

너는 학문을 할 수 있는 때가 점점 지나가고 있다. 집안의 형편으로 보아서는 마땅히 집을 떠나 유학을 해야 하겠는데, 그러려면 이곳에 와서 함께 지내는 것이 가장 마땅하겠으나 부녀자들은 큰 뜻을 이해하지 못하여 틀림없이 보내주기 싫어하는 정리가 있을 것이다. 네 아우의 문학과 식견은 바야흐로 봄기운이 돌아 초목에 싹이 돋는 듯한 기세가 있으니, 너를 위하여 여기 있는 네 아우를 보내고 너를 오게 하는 것은 차마 할 수가 없구나. 지금 생각으로는 경오년 봄에나 네 아우를 돌려보내려 하는데, 그 전까지 너는 세월을 헛되게 보내지 말거라. 아무리 생각해 보아도 집에 있으면서 공부할 생각이라면 네 아우가 돌아갈 때까지 기다려서 동생과 교대하고 이곳으로 오도록 하여라. 만일 사정상 전혀 가망이 없거든 내년 봄 날씨가 따뜻해진 뒤에 모든 일을 제쳐놓고 이리로 내려와서 함께 공부하도록 하여라.

첫째 이유는 마음씨가 점점 나빠지고 행동이 비루해져 가는 것이고, 둘째는 안목이 좁아지고 의지와 기개가 상실되어 가는 것이고, 셋째는 경학이 조잡해지고 식견이 좁아져 가니 이곳에 와서 교육을 받아야 하겠다. 사소한 일들은 가급적 돌아보지 말도록 하여라.

시는 진실하고 순수한 마음에서 나온다

　요즘 성수(醒叟)의 시를 읽어 보았다. 그가 너의 시를 논평한 것은 잘못된 것을 아주 적절히 잘 지적하였으니 너는 마땅히 깊이 새겨두어라. 그러나 그가 지은 시도 아름답기는 하나 내가 좋아하는 것은 아니다. 오늘날 시율은 마땅히 두보의 시를 모범으로 삼아야 한다. 그의 시가 모든 이의 으뜸이 되는 까닭은 《시경》 3백 편의 본의(本意)를 이어받았기 때문이다. 《시경》 3백 편은 모두 충신, 효자, 열부, 좋은 친구간의 진실하고 순수한 마음으로부터 나온 것이다.

　임금을 사랑하고 나라를 근심하지 않은 것이라면 시가 아니요, 시대를 슬퍼하고 세속을 개탄하지 않은 것이라면 시가 아니며, 높은 덕을 찬미하고 나쁜 행실을 풍자하며 선을 권하고 악을 징계한 것이 아니라면 시가 아니다. 그러므로 뜻을 세우지 않고 학문이 온전하지 못하여 사람이 마땅히 지켜야 할 바른 도리를 알지 못하고,

임금을 요순(堯舜)의 성군으로 만들어 백성들이 태평성대를 누리도
록 하는 마음을 갖지 못한 자는 시를 지을 수 없는 것이니, 너는 힘
쓰도록 하여라.

• 동양에서는 중국의 요순시대를 이상적인 태평성대라고 일러온다.
요임금 당시 백성들간에 '해 뜨면 일하고, 해 지면 쉬고, 우물 파 물 마
시고, 밭 갈아 내 먹으니, 임금의 혜택이 내게 무엇이 있다더냐.' 는 내
용의 '격양가' 라는 노래가 널리 퍼져있었는데, 이 시를 보더라도 그 시
대가 태평성대였음을 알 수 있다. 요에게서 제위를 물려받은 순임금은
제위에 오른 뒤에도 새벽같이 밭에 나가 농사를 지었고, 물에 가서는
물고기를 열심히 낚았으므로 평소에 게으름을 피우던 백성들도 모두
임금을 본받아 부지런히 일하게 되었다.

두보(杜甫)를 시성(詩聖)으로 부르는 이유

두보의 시는 고사를 인용한 흔적이 없어서 읽어보면 자작한 것 같지만 자세히 살펴보면 모두 출처가 있으니, 이 점이 바로 두보가 시성이 되는 이유이다. 한유(韓愈)의 시는 글자 배열법은 모두 출처가 있으나 어구는 자작이 많으니, 바로 이 점이 그가 시의 대가(大家)가 되는 이유이다. 소식(蘇軾)의 시는 구절마다 사실을 인용하였는데 흔적이 남아 있어 얼핏 보면 의미를 깨닫지 못하고 반드시 이리저리 따져보고 검사해서 그 근본을 캔 뒤에야 겨우 그 뜻을 알 수 있으니, 이 점이 바로 그가 시의 박사(博士)가 되는 이유이다.

• 소식(蘇軾, 1036~1101)의 호는 소동파(蘇東坡)로 중국 북송 때의 시인.

이러한 소식의 시도 우리 삼부자의 재주로서는 죽을 때까지 전념하여야 다소나마 이룰 수 있을 것이다. 그러나 사람이 이 세상에 살면서 해야 할 일이 많은데 어찌 시에만 골몰할 수가 있겠느냐. 그러나 시를 지을 때 사실을 전혀 인용하지 않고 풍월이나 읊으며 바둑 이야기나 술타령만 하면서 겨우 압운(押韻)을 하는 것은 서너 집 모여 사는 시골 마을 촌부(村夫)의 시에 불과하다. 앞으로 시를 지을 때에는 반드시 역사적 사실을 인용하는 것에 주의를 기울이도록 하여라.

그러나 우리나라 사람들은 걸핏하면 중국의 고사(古事)를 인용하는데 이 또한 비루한 품격이다. 모름지기 《삼국사기》, 《고려사》, 역대 국왕의 치적 중에서 모범이 될 만한 사실을 수록한 《국조보감》,

• 국조보감은 편년체의 역사책.

인문지리서(人文地理書)인 《신증동국여지승람》, 서애(西厓) 유성룡(柳成龍)이 쓴 임진왜란 야사(野史) 《징비록》, 이긍익(李肯翊)이 지

• 유성룡은 조선 선조(宣祖) 때 영의정을 지냈음.

은 야사총서(野史叢書) 《연려실기술》과 기타 우리나라의 문헌들을 구하여 그 사실을 수집하고 그 지방을 고찰해서 시에 넣어 사용한다면 이 세상에 명성을 얻을 수 있고 후세에 남길 만한 작품이 될 것이다. 유득공(柳得恭)의 십육국회고시(十六國懷古詩)를 중

• 유득공(1749~1807)의 자는 혜풍(惠風). 조선 정조 때의 북학파(北學派) 역사가이자 시인. 《이십일도회고시(二十一都懷古詩)》, 《발해고(渤海考)》를 남겼는데 특히 《발해고》 머리말에서 고려가 발해 역사까지 포함

국 사람들이 판각하여 책으로 만든 것을 보아도 이를 알 수 있는 것이다. 《동사즐(東事櫛)》은 본래 이렇게 인용하기 위해서 만들어 놓은 것인데 지금 대연(大淵)이가 너에게 빌려줄 리가 없으니, 반드시 《십칠사(十七史)》의 동이전(東夷傳) 가운데서 그 이름과 자취를 뽑아 모아야 쓸 수가 있을 것이다.

일본은 무지몽매한 나라가 아니다

학연, 학유 보아라.

일본에는 근래에 유명한 선비들이 많이 배출되고 있는데 호를 조래(徂徠)라고 하는 물부쌍백(物部雙柏) 같은 사람은 해동부자(海東夫子)라고 일컬어지고 있으며 그 제자들도 매우 많다. 지난번 사신이 다녀오는 길에 소본렴(篠本廉)의 글 세 통을 얻어가지고 왔는데, 그 문장이 모두 정밀하고 날카로웠다. 일본은 본래 백제를 통해서 서적을 얻어 보게 되었으므로 전에는 매우 무지몽매하였는데, 그 후에는 직접 중국의 절강(浙江) 지방과 교역을 트면서부터 중국의 좋은 서적은 사가지 않은 것이 없었다. 또 우리와 같이 과거(科擧) 공부를 할 부담이 없어 지금은 그들의 문학이 우리나라보다도 앞서가고 있으니 매우 부끄러운 일이다.

옹담계(翁覃溪)의 경설(經說)을 몇 가지 읽어보았는데 명쾌하게 밝혀놓은 부문이 많이 있더라.

> • 옹담계(1733~1818)는 중국 청나라 때 고증학자 옹방강(翁方剛). 금석학(金石學), 비판(碑版), 법첩학(法帖學)에 통달한 중국 청나라의 학자, 서예가. 경학(經學), 사학, 문학에도 조예가 깊었다.

그의 제자에 섭동경(葉東卿)이란 사람도 역시 주로 고증학을 하였는데, 태극도(太極圖), 역구도(易九圖), 《황극경세서(皇極經世書)》, 오행설(五行說) 같은 것들은 모두 명백히 분석하고 있다. 아마도 그의 박식함은 모서하(毛西河)보다 못하지 않으며, 정밀하게 연구한 점은 그보다 낫다고 할 수 있을 것이다.

> • 모서하(1623~1716)는 중국 청나라 때 학자 모기령(毛奇齡). 고증학을 좋아하여, 경학, 역사, 지리 등에 관한 많은 저술을 남겼다.

자식을 가슴에 묻은 **슬픔**

(1802년 12월, 순조 2년, 다산 41세)

학연, 학유 보아라.

우리 농(農)이가 죽었다니 슬프고도 슬프다.

농이의 인생이 가련하구나. 내가 이렇게 나이가 들어 이러한 비통함을 만나니 너무나 슬퍼 마음에 안위를 찾을 수가 없구나. 너희들 아래로 사내아이 넷과 계집아이 하나를 잃었는데 그 중 하나는 겨우 열흘이 좀 지나서 죽었기 때문에 그 얼굴조차 기억하지 못하는 형편이고, 나머지 세 아이는 모두 세살 때여서 품에서 한창 재롱을 피우다가 죽었다. 그러나 모두 나와 너희 어머니 품에서 죽었으니, 그 죽음은 운명이라고 여겨 이번처럼 가슴을 저미듯이 아프지는 않았었다. 내가 고향 멀리 외로이 있으며 작별한 지가 무척 오래인데 죽었으니, 다른 아이의 죽음보다 한층 더 슬프구나. 나는 또 생사고락의 이치를 대략 알고 있는 터에도 이처럼 비통한데, 하물며 너희 어머니는 직접 품속에서 낳아 흙에다 묻었으니 그 애가 살았을 때의 기특하고 사랑스러웠던 말 한마디 한마디, 행동 하나하나가 모두 귀에 쟁쟁하고 눈에 아른거릴 것이다. 더군다나 감정적이고 이성에 의지하지 못하는 여자들에 있어서야 오죽하겠느냐.

나는 여기에 있고 너희는 이미 다 성장해서 행동이 살갑지도 않았을 터이니, 너희 어머니가 모든 것을 의탁하고 있던 한 가닥 희망은 오직 그 아이뿐이었을 텐데, 더구나 큰 병을 앓아서 점점 수척해진 뒤에 이러한 일을 당하였으니 너희 어머니가 하루이틀만에 따라 죽지 않은 것만도 정말 믿어지지 않는 일이다. 이 때문에 나는 너희 어머니 처지를 생각하여 내가 그 아이의 아비란 것은 홀연히 잊은 채 다만 너희 어머니만을 위하여 슬퍼하는 것이니, 너희들은 아무쪼록 마음을 다하여 효성으로 어머니 목숨을 보전하도록 하여라.

차후로 너희들은 아무쪼록 성심을 다해 두 며느리로 하여금 아침저녁으로 부엌에 들어가서 맛있는 음식을 장만하고, 어머니의 거처가 따뜻한가 차가운가를 살펴 드리게 하여라. 그리고 한시도 시어머니 곁을 떠나지 않으면서 정겹고 부드러운 얼굴로 모든 방법을 다해서 기쁘게 해 드리도록 해야 한다. 시어머니가 혹시 쓸쓸해하면서 받아들이려하지 않거든 더욱 성심껏 온힘을 다해서 어떻게든지 환심을 사도록 애쓰게 해야 한다. 시어머니와 며느리 사이가 아주 화목해서 털끝만큼도 마음속에 틈이 없게 되면 나중에는 자연히 서로 믿게 될 것이다. 그리하여 안방에 화기가 돌게 되면 천지의 화기가 조화를 이루어 닭이나 개, 채소나 과일 따위도 또한 제각기 무럭무럭 잘 자라서 일찍 죽는 일이 없고, 막히는 일이 없을 것이며, 나 또한 하늘의 은혜를 입어서 자연히 풀려서 돌아갈 수 있게 될 것이다.

남의 도움을 바라지 마라

학연, 학유 보아라.

너희들은 편지에서 항상 일가친척 중에 누구 한 사람 돌봐주고 궁휼히 여겨주는 이가 없다고 하면서, 신세가 기구하여 구당(瞿唐)의 염예(灩澦)라 하기도 하고 태행(太行)의 양장(羊腸)에 비교하며 한탄하는데, 모두가 하늘을 원망하고 남을 탓하는 말이니 정말 큰일이다.

> • 구당은 중국 사천성(四川省) 봉절현(奉節縣) 동쪽에 있는 골짜기 이름이며, 염예는 구당협(瞿唐峽)의 입구를 막고 있는 큰 암석을 말한다. 태행은 산 이름으로 길이 험하기로 유명한데, 산서성(山西省)에 있는 양장판(羊腸坂)은 특히 꾸불꾸불하여 험한 길로 알려져 있다. 여기서는 신세의 기구함을 비유한 말이다.

내가 벼슬할 때에는 조그만 우환과 질병이 있을 적마다 다른 사람들의 보살핌을 크게 입었다. 날마다 찾아와서 안부를 묻는 이도 있었고, 다독거리며 위로해 주는 이도 있었고, 약을 보내오는 이도 있었으며, 양식을 대어 주는 이도 있었는데, 너희들은 그러한 일들이 눈에 익숙해져 남의 은혜를 바라는 마음이 있으니 문제다. 빈천한 자의 본분은 예로부터 본디 남의 보살핌을 받을 수 없다는 것을 모르는구나. 더구나 여러 일가들이 오래 전부터 모두 서울과 지방에 흩어져 살아서 서로 은혜로운 정이 없으니, 요즘 같은 세상에 서로 헐뜯지 않는 것만도 다행이라 할 것인데 어떻게 그들의 보살핌을 기대할 수 있겠느냐. 더구나 너희들이 오늘날 이와 같이 잔패(殘敗)하기는 하였으나, 여러 일가에 비교한다면 오히려 부호(富豪)하며, 다만 저들에게까지 미칠 힘이 없을 뿐이다. 매우 가난하지도 않고 또 남에게 미칠 힘은 없지만 진실로 남의 보살핌을 받을 수 있는 처지는 아니다. 규방으로부터 일어나는 모든 문제를 잘 보살펴 미리미리 조치하고, 마음속에 남의 은혜를 바라는 생각을 완전히 끊어 버린다면 자연히 마음이 평화로워져서 하늘을 원망하고 남을 탓하는 병이 없어질 것이다.

남에게는 **베풀어라**

여러 일가 중에 며칠째 밥을 짓지 못하는 집이 있을 때 너희는 곡식을 주어 도와준 적이 있느냐? 눈 속에 얼어서 쓰러진 자가 있으면 너희는 땔나무 한 묶음을 나누어 주어 따뜻하게 해 준 적이 있었느냐? 병들어 약을 복용해야 할 환자가 있을 때 너희는 작은 돈이라도 들여 약을 지어 주어 일어나게 한 적이 있었느냐? 늙고 곤궁한 사람이 있을 때 너희는 때때로 찾아뵙고 공손히 존경을 표한 적이 있었느냐? 우환이 있는 집에 가서 너희는 근심스런 얼굴빛과 걱정하는 눈빛으로 우환의 고통을 그들과 함께 나누어 잘 처리할 방도를 의논해 본 적이 있었느냐? 이 몇 가지 일도 너희는 하지 못했으면서 어떻게 여러 집안에서 너희들의 급박하고 어려운 일을 서둘러 돌보아 주기를 바랄 수 있느냐?

내가 남에게 베풀지 않았으면서 남이 먼저 나에게 베풀어 주기를 바라는 것은 너희들의 오만한 근성이 아직도 남아 있기 때문이다. 앞으로는 유념해서 평소 일이 없을 때에도 공손하고 화목하게 근신하고 충성하여 여러 집안의 환심을 사도록 힘써야 한다. 그러나 절대로 마음속에 보답을 바라는 근성은 남겨두지 말아야 한다. 앞으로는 너희들에게 우환이 있더라도 저들이 돌보지 않는다고 절대로 마음에 한을 품지 말고 오로지 너그러운 마음으로 '저 사람이 마침 어떤 사정이 있어서일 것이고, 그렇지 않으면 힘이 미치지 못하기 때문일 것이다.' 하고 생각하여라. 그리고 절대로 '나는 전에 이렇게 저렇게 해주었는데, 저 사람은 이렇게 한다.'고 경솔히 말하지 말거라. 이러한 말을 한번이라도 하면 그동안 쌓아놓은 공덕이 하루아침에 바람에 재가 되어 날아가 버리고 말 것이다.

큰아버지를 **아버지처럼 섬겨라**

너희들은 의지할 데라고는 도무지 없는 집안에서 생장하여 봄바람처럼 온화한 가운데서 양육되었으므로, 아들이나 동생으로서 아버지와 형님을 섬기는 도리와 집안 어른을 섬기는 도리를 일찍이 보고 듣지 못하였다. 또 사람으로서 곤경에 대처하는 도리를 익히지 못하였기 때문에 최선을 다하는 열성은 하지 않고 먼저 남이 나에게 베풀어 주는 은혜만을 기대하며, 가정교육은 닦지 아니하고 주변으로부터 칭찬만을 바라니 그래서야 되겠느냐. 전에 집안 고조부 되시는 동지공(同知公)께서는 칠십이 넘은 나이에 중풍이 들어 수족이 불편하셨는데도 매일 아침 식사 후에 반드시 지팡이를 짚고 우리집에 오셔서 아버지를 만나셨는데, 이는 아버지께서 종손이셨으므로 날마다 찾아보지 않으면 안 되기 때문이었다.

너희들은 옛날 칠십 노인이 종증손을 섬기던 도리로서 큰아버지를 섬기지 않아서야 되겠느냐. 앞으로는 항상 이른 아침에 일어나서 먼저 안에 들어가 너희 어머니의 안부를 살피고, 다음에 동쪽으로 가서 큰아버지를 찾아 뵌 뒤에 돌아와서 글공부를 하여라. 여러 숙모들은 한낮이나 저녁때 틈나는 대로 찾아뵈면 된다. 형님께서 팔을 앓고 계셨을 때에 너희들은 나방 애벌레 배설물과 식초에 담근 쑥과 함께 약을 달이고 약탕관을 씻으면서 옆에서 시중을 들고, 또 아침부터 저녁까지 곁을 지키고, 밤에는 모시고 자면서 걱정이 되어 차마 빠져나오지 못한 적이 있었느냐? 너희가 그러면서도 보살핌을 받지 못한다고 할 수 있느냐? 그렇기 때문에 오히려 더욱 효도하고 공경하여 감히 큰아버지를 미워하고 원망하지 말아야 한다.

그동안 너희들의 멋대로 하는 행동으로 인하여 큰아버지와 사촌형님들은 노여움과 불평이 쌓여 있었으나, 다만 마음속에만 두고 밖으로 나타내지 않았을 뿐이었다. 그러다가 너희들이 찾아와서 무엇을 요구하는 일이 있게 되자, 그동안 마음속에 쌓여 있던 섭섭함과 불평이 먼저 터져나온 것이다. 그런데 너희들은 다만 눈앞의 일만을 가지고 의심하여 '지금 내가 무슨 잘못을 하였기에 어찌하여 이와같이 처리하시는가?' 하고 있다. 하지만 사실은 전부터 잘못해 오고 있었던 것이지 지금 당장 눈앞에 저지른 잘못 때문만은 아닌 것이다. 부디 생각하고 또 생각하여 행실을 똑바로 하여 큰아버지와 사촌형님들의 마음을 기쁘게 해 드려라. 큰아버지를 섬기는 데에는 특별한 법도가 없고 오직 아비를 섬기는 것과 마찬가지로 하면 되는 것이다. 너희들이 분발해서 진실한 마음으로 힘써 나간다면 한 달이 못되어 큰아버지의 마음이 밝게 풀리실 것이다.

효제(孝悌)를 근본으로 삼아라

학연, 학유 보아라.

지금 너희 사촌형제가 5~6명이나 되니, 내가 만일 하늘의 은혜를 입어 살아서 고향으로 돌아가게 된다면 오직 5~6명을 가르치고 훈계해서 모두 부모에 대한 효도와 형제에 대한 우애인 효제(孝悌)를 근본으로 삼게 하고, 또 경사(經史)와 예악(禮樂), 농병(農兵)과 의약(醫藥)의 이치를 꿰뚫게 하여 4~5년이 지나지 않아 찬란한 결과를 볼 수 있을 것이다. 우리 집안이 비록 폐족은 면할 수 없더라도 시(詩)와 예(禮)의 가르침은 모두 받을 수 있을 것이니, 이 점이 내가 밤낮으로 북쪽 하늘을 바라보며 반드시 일찍 돌아가고자 하는 이유이다. 이것이 나의 큰 계획이지만 너희들이 먼저 큰아버지나 작은아버지 섬기기를 아비 섬기는 것처럼 하는 법도를 갖춘 뒤에야 육이와 칠이도 나를 저희들 아비처럼 섬겨야 한다는 것을 알게 될 것이다.

만일 너희들이 옳지 못한 판단으로 마음속에 '우리 아버지가 아버지이지, 큰아버지나 작은아버지는 친족 중에 조금 가까운 사람일 뿐이다.' 라는 생각을 갖는다면, 그들은 경사나 예악도 기꺼이 배우러 오지 않을 터인데, 하물며 효제의 행실을 가르칠 수 있겠느냐? 바라노니, 너희들은 나의 큰 계획을 잘 생각해서 큰아버지를 아버지처럼 섬겨서 육이와 칠이 등 여러 아이의 모범이 되도록 하여라. 이 계획은 매우 중요한 것이니, 너희들이 비록 백번 천번 하고 싶지 않다 하더라도 꼭 내 말을 따라서 나의 마음에 부합하도록 하여라.

채소밭을 가꾸는 요령

　시골에 살면서 과수원이나 채소밭을 가꾸지 않는다면 천하에 쓸
모없는 사람이다. 나는 지난번 국상(國喪)이 나서 경황이 없는 중에
도 만송(蔓松) 열 그루와 향나무 두 그루를 심었다. 내가 지금까지
집에 있었다면 뽕나무가 수백 그루, 접목한 배나무가 여러 그루가
될 것이며, 닥나무가 밭을 이루고 옻나무가 다른 산언덕에까지 뻗
쳐 있을 것이며, 석류 몇 그루와 포도 몇 덩굴과 파초도 네댓 뿌리
는 되었을 것이다. 쓸모없는 땅에는 버드나무 대여섯 그루가 자라
고 있을 것이며, 마을 뒷산인 유산(酉山)의 소나무는 이미 여러 자쯤
자랐을 것이다. 너희는 이러한 일을 하나라도 하였느냐?
　너희들이 국화를 심었다는 말을 들었는데, 국화 한 이랑은 가난
한 선비의 몇 달 양식은 충분히 될 수 있으니 한갓 꽃구경에만 그치
지 않도록 하여라. 그리고 생지황(生地黃), 반하(半夏), 길경(桔梗), 천

궁(川芎) 따위와 쪽나무와 꼭두서니 등에도 모두 관심을 가져보도록
하여라.

채소밭을 가꾸는 요령은 절대로 평평하고 반듯하게 해야 하며
흙을 다룰 때에는 잘게 부수고 깊게 파서 분가루처럼 부드럽게 해
야 한다. 씨를 뿌릴 때는 꼭 고르게 뿌려야 하며, 모는 아주 드물게
심어야 한다. 아욱 한 이랑, 배추 한 이랑, 무 한 이랑씩을 심고, 가
지나 고추 따위도 각각 구별해서 심어야 한다. 그러나 마늘이나 파
를 심는 것에 가장 노력하여야 하며 미나리도 심을 만하다. 한여름
농사로는 오이만한 것이 없다. 비용을 절약하고 농사에 힘쓰면서
아울러 아름다운 결실까지 얻는 것이 바로 이 채소밭을 가꾸는 일
이다.

계획을 세워서 공부하라

(1803년 설날, 순조 3년, 다산 42세)

학연, 학유 보아라.

해가 새로 바뀌었다.

군자는 새해를 맞이하면 반드시 그 마음과 행동을 한번 새롭게 다져야 한다. 나는 젊었을 때에 새해를 맞이할 적마다 반드시 그 해에 공부할 것을 미리 정하였는데, 예를 들면 무슨 책을 읽고 어떤 책을 뽑아 적어야 하는가를 미리 정하고 실행하였다. 간혹 몇 달 뒤에 이르러 사고가 발생해서 계획대로 실행하지 못하는 경우도 있었지만, 선행을 즐기고 앞으로 전진하겠다는 뜻만큼은 스스로 포기하지 않았다. 내가 지금까지 너희들에게 편지를 보내 공부에 힘쓸 것을 알아듣도록 말한 것이 여러 차례이다. 그런데 아직 한 번도 경전의 의심스러운 곳이나, 예악의 의문스러운 점, 역사책에 대한 논란을 한 조목도 묻는 적이 없었으니 어찌하여 너희들은 이렇게 내 말을 마음에 새겨 두지 않느냐.

너희들은 시장 근처에서 태어나 자라서 어린 시절에 보고 들은 것이 대부분 문전 잡객이나 시중드는 하인배, 아전들이어서 입에 올리고 마음에 두는 것이 약삭빠르고 경박하며 비루하고 어지럽지 않은 것이 없다. 이러한 병이 깊이 골수에 침입하여 마음에 선을 즐기고 학문에 힘쓰려는 생각이 전혀 없게 되었다. 내가 밤낮으로 초조하게 돌아가려고 하는 것은 너희들이 장성해 뼈가 점점 굳어지고 기운이 점점 사나워져서 한두 해가 지나면 매우 불초(不肖)한 자의 생활을 하게 되고 말 것이기 때문이다. 지난해에 이 생각 때문에 병이 나서 여름 내내 병으로 보냈고, 10월 이후로도 마찬가지이니 너희들도 이 아비의 심정을 알아주기 바란다. 너희들이 마음에 진실로 반푼어치의 성의라도 있다면 아무리 험난한 난리속이라 할지라도 반드시 발전이 있을 것이다.

너희들은 집에 책이 없느냐? 재주가 없느냐? 눈과 귀가 총명하지 못하느냐? 무엇 때문에 스스로 포기하려는 것이냐? 폐족이라고 생각하기 때문이냐? 폐족은 오직 벼슬길에만 문제가 있을 뿐, 폐족으로서 성인이 되고 문장가가 되고 진리를 통달한 선비가 되는 데에는 아무런 문제가 없는 것이다. 문제가 없을 뿐만 아니라 도리어 크게 좋은 점이 있으니, 그것은 과거에 대한 부담이 없고, 또 빈곤하고 궁핍한 고통이 몸과 마음을 단련시키고 지혜를 개발해서 세상 인심과 물정의 진실과 거짓을 두루 알 수 있게 하기 때문이다.

그런 까닭에 선배인 율곡(栗谷) 같으신 분은 어버이에게 사랑을 받지 못하고 괴로움으로 몇 해를 방황하다가 마침내 한번 깨우치고는 도(道)의 경지에 이르렀으며, 또한 우리 우담(愚潭) 선생도 세상의 배척을 받고서 더욱 그 덕(德)이 높아졌으며, 성호(星湖) 선생께서도 집안에 화를 당한 뒤로 이름난 유학자가 되었으니, 그분들의 탁월한 업적은 권세를 잡은 부호가의 자제들이 미칠 수 있는 경지가 아니다. 이것은 너희도 일찍부터 들어오지 않았느냐.

> • 우담은 조선 중기의 학자 정시한(丁時翰, 1625~1707)의 호. 독학으로 성리학(性理學)을 연구, 《우담집》을 비롯하여 《산중일기》, 《사칠이기변(四七理氣辨)》 등이 있다.
>
> • 성호는 조선 후기의 학자 이익(李瀷, 1681~1763)의 호. 1705년(숙종 31) 증광문과(增廣文科)에 응시, 낙방하였다. 이듬해 형 잠(潛)이 장희빈(張禧嬪)을 두둔하다가 당쟁의 제물로 장살(杖殺)되자 벼슬할 뜻을 버리고 낙향, 학문에만 몰두하였다.

폐족 중에 재주 있고 뛰어난 선비가 많은데, 이는 하늘이 폐족에 재주 있는 사람을 내어 폐족을 후대하는 것이 아니라, 높은 자리에 오르려는 마음이 없어 학문을 하려는 마음을 가로막지 않기에 책을 읽고 이치를 연구하여 참다운 진리와 원리를 알 수 있기 때문인 것이다. 평민으로서 학문을 하지 않는 자는 다만 평범한 사람이 될 뿐이지만, 폐족으로서 학문을 하지 않으면 마침내는 폐인이 되어 세상의 버림을 받게 된다. 혼인길이 막혀서 천민에게 장가들고 시집가게 될 것이며, 한두 대가 지나 물고기 입이나 강아지의 이마를

한 자녀가 태어나게 된다면, 그 집안은 영영 끝장나는 것이다.

가령 내가 몇 년 안에 유배에서 풀려난다면 너희들로 하여금 몸을 단련하고 행동을 가다듬어 효도와 공경을 숭상하고 화목한 가정을 일으키게 할 것이다. 그리고 경사를 연구하고 시와 예를 담론하며, 서가에 3~4천권의 책을 꽂아 놓고 1년을 지탱할 만한 양식이 있고, 밭에 뽕나무, 삼, 채소, 과일, 꽃, 약초들이 질서정연하게 심어져 있어 그 그늘을 즐길 만하고, 마루에 오르고 방에 들어가면 거문고가 있고, 투호(投壺) 하나와 붓, 벼루 및 책상에 볼만한 도서가 있어서 그 청아하고 깨끗함이 기뻐할 만하고, 때때로 손님이 찾아오면 닭을 잡고 회를 떠서 탁주와 좋은 나물 안주로 즐겁게 한번 배불리 먹고, 서로 더불어 고금의 일들을 평론할 수 있다면, 비록 폐족이라 할지라도 장차 안목이 있는 사람들로부터 흠모를 받을 것이다.

• 투호는 화살을 던져 병 속에 많이 넣는 것으로 승부를 가리는 놀이.

그렇게 세월이 점점 흘러간다면 우리 집안이 다시 일어나지 못할 이유가 있겠느냐? 너희는 생각하고 또 생각해 보아라. 정말로 이렇게 될 수 있는 일을 너희는 하지 않을 것이냐?

단정한 복장

요즈음 어떤 학술은 오로지 반관(反觀)으로 명분을 삼아 외모를 갖추는 것을 가식이라고 하니, 약삭빠르고 방탕하며 속박을 싫어하는 젊은이들이 이 말을 듣고 뛸 듯이 기뻐하면서 마침내는 일상적인 생활의 예절까지 멋대로 행하고 있다.

> • 반관이란 중국 송나라 때 학자인 강절(康節) 소옹(邵雍)이 주장한 수양법으로 눈으로 사물을 관찰하지 않고 마음으로 사물을 관찰하는 것을 말한다.

나도 지난날에 이러한 습관에 깊이 빠졌었기 때문에 늙어서도 바른 태도가 몸에서 나오지 않아 아무리 고치려고 해도 어려우니 몹시 후회스러울 뿐이다. 지난번에 너희들을 보니 옷깃을 잘 여미지도 않고 무릎을 꿇고 앉지도 않아 단정하고 엄숙한 모습이 전혀 보이지 않는데, 이는 나의 잘못된 습관이 너희들에게로 옮겨가서 그렇게 된 것 같구나. 이는 성인이 사람을 가르칠 때에 '먼저 외모부터 단정히 해야 마음을 수련할 수 있다'는 것을 모른 것이다. 세상에 비스듬히 눕거나 삐딱하게 서서 큰 소리로 지껄이고 이리저리 한눈을 팔면서 경건한 마음을 가질 수 있는 사람은 없다.

그러므로 동용모(動容貌), 정안색(正顏色), 출사기(出辭氣)가 학

• 동용모, 정안색, 출사기, 이 말은 논어에 나오는 말을 인용한 것이다. 動容貌, 斯遠暴慢矣 ; 正顏色, 斯近信矣 ; 出辭氣, 斯遠鄙倍矣. (동용모, 사원포만의 ; 정안색, 사근신의 ; 출사기, 사원비배의). 즉 행동거지에 있어서는 난폭하거나 오만함을 멀리하여야 하고, 낯빛을 바르게 지녀 믿음에 가까워지도록 해야 하고, 말투에 있어 비루하고 사리에 어긋남을 멀리하여야 한다는 말이다.

문을 하는 데 가장 먼저 해야 할 것이니, 진실로 이 세 가지에 노력하지 않는다면 아무리 하늘을 꿰뚫는 재주와 남보다 뛰어난 식견을 가지고 있다 할지라도 끝내 발을 땅에 붙이고 살 수가 없을 것이다.

그렇게 되면 결국에는 말을 함부로 하고 멋대로 행동하여 도적이 되고 못된 악인이 되며, 이단(異端)과 잡술(雜術)이 되어서 세상에 못하는 일이 없게 된다. 나는 이 세 가지로써 서재(書齋)의 이름으로 삼고자 하는데, 이는 거칠고 태만함을 멀리하며, 비루하고 사리에 어긋나지 말고, 진실에 가깝게 가야함을 가리키는 것이다. 지금 너희들로 하여금 덕(德)을 쌓게 하기 위하여 너희들에게 주는 것이니, 너희들은 이 '삼사(三斯)'로써 서재의 이름으로 삼고 그 기문(記文)을 지어 차후 인편에 부치도록 하여라. 나 또한 너희들을 위하여 기문

을 짓도록 하겠다. 너희들은 또 이 내용으로 잠(箴) 세 편을 짓고 삼 사잠이라고 이름하도록 하여라. 그렇게 하면 정부자(程夫子)께서 지 으신 사물잠(四勿箴)의 아름다움을 계승할 수 있을 것이니, 무슨 복 이 이만하겠느냐? 깊이 바라고 깊이 바란다.

• 잠(箴)이란 경계하거나 훈계하는 뜻을 담은 한문의 한 체(體).
• 사물잠이란 중국 송나라 정이(程頤)가 지은 것으로 시잠(視箴), 청잠 (聽箴), 언잠(言箴), 동잠(動箴)의 네 가지를 말한다.

책을 쓰는 방법

학연, 학유 보아라.

지난해에 내가 너희들에게 《고려사》에서 긴요한 말들을 뽑으라고 하였는데, 지금 이 일이 너희들에게 있어 시급한 일이 아니라는 것을 깨달았다. 여기 좋은 책 한 권을 만들 수 있는 체재를 잡아 보내니, 너희들은 아무쪼록 이것에 의거하여 《주자대전(朱子大全)》 중에서 뽑아 책을 완성한 뒤에 인편에 보내도록 하여라. 그러면 내가 그 옳고 그름을 감정하겠다. 책이 완성되면 아무쪼록 좋은 종이에 깨끗이 베끼고 내가 쓴 서문을 책머리에 싣고, 항상 책상 위에 두고 너희 형제들이 아침저녁으로 읽고 익히도록 하여라.

■ 책 이름은 《주서여패(朱書餘佩)》라고 하자.

■ 모두 다음과 같이 12편으로 나눈다.

1편은 입지(立志, 뜻을 세운다)

2편은 혁구습(革舊習, 옛 습관을 바로잡는다)

3편은 수방심(收放心, 방심했던 것을 거두어들인다)

4편은 검용의(檢容儀, 용의를 단정히 한다)

5편은 독서(讀書, 책을 읽는다)

6편은 돈효우(敦孝友, 효도와 우애를 돈독히 한다)

7편은 거가(居家, 가정생활)

8편은 목족(睦族, 집안끼리 화목하여라)

9편은 접인(接人, 사람 접대)

10편은 처세(處世, 사회생활)

11편은 숭절검(崇節儉, 절약과 검소함을 숭상하여라)

12편은 원이단(遠異端, 옳지 않은 것을 멀리한다)

■ 너희들은 지금 재력이 부족하여 여러 서적을 널리 수집할 수 없으니, 다만 《주자대전》 한 책을 가지고 각 편에 따라 해당되는 것을 뽑되, 매 편마다 12조항씩 취하여 책을 만들도록 하여라.

■ '집안끼리 화목하여라' 편에서는 12조항을 채울 수 없으면 《사서집주(四書集註)》에서 더 뽑고, 그래도 부족하거든 《소학(小學)》에서 더 뽑도록 하는데 매 조항마다 '주자왈(朱子曰)'이라는 세 글자를 붙여서 표시하도록 하여라. [예를 들어 《소학》중에서 장공예(張公藝)라는 분의 것을 뽑을 경우에는 '주자가 말씀하시기를, 장공예가…'라는 식으로 쓴다.]

■ '주자서(朱子書)'는 모든 것이 너무 깊이있고 뜻이 넓고 커서 학문

을 처음 배우는 사람들이 더러 싫증나고 귀찮아할 염려가 있으니, 아무쪼록 기세가 드세면서도 심오하고 놀랄만한 말을 힘써 뽑아서 학문을 익히지 않은 초학들에게 자극을 주도록 하여라. 깊이있고 뜻이 넓고 큰 것은 나중에 다시 의논하도록 할 것이다.

■ 매 편마다 6~7항을 넘지 않도록 하고, 120자로 제한한다. 간혹 놀랄만하고 특출한 말이라면 1항에 한두 글귀만 넣어도 된다.

■ 잠(箴), 명(銘), 송(頌) 중에서도 뽑을 만한 것이 있으면 뽑아라.

■ '옛 습관을 바로 잡는다' 편에는 눕기를 좋아하는 것, 농담을 좋아하는 것, 성을 내는 것, 장기나 바둑, 권모, 사기 등이 해당된다.

■ 이것은 대체로 율곡의 《격몽요결(擊蒙要訣)》과 비슷하다고 할 수 있다. [율곡은 입지(立志)에서는 학문에 뜻을 둔 모든 사람이 성인(聖人)이 되기를 목표로 하여 물러서지 말고 나아가라고 하였다.]

• 《격몽요결》은 율곡 이이(李珥)가 황해도 해주에서 강의할 때 초학자를 위하여 지은 책. 차례를 보면 입지장(立志章), 혁구습장(革舊習章), 지신장(持身章), 독서장(讀書章), 사친장(事親章), 상제장(喪制章), 제례장(祭禮章), 거가장(居家章), 접인장(接人章), 처세장(處世章)의 순서로 되어 있어 다산의 편제와 유사한 점이 많다.

■ 만일 목족 편에서 12항목이 차지 않을 경우에는 이웃과 화합하는 항목 몇 개를 뽑아서 보충하도록 하여라. 본 목차 밑에 화린부(和隣附, '이웃과 화합하게 지내는 것을 붙임')라는 세 글자를 작은 글씨로 써 넣는 것도 좋다.

■ 1백20자로 제한하게 되면 본문을 줄이지 않을 수 없다. 그러나 머

리 부분과 끝 부분을 줄이되 줄인 구절 안에서 또 줄여서는 안 된다. 그렇게 하면 반드시 그 본뜻을 잃게 될 것이다.

■ 사회생활 편은 다른 사람과 교류하는 것, 출세와 은둔, 나아가고 물러남, 일에 대응하고 사물을 접하는 방법 등이 모두 이에 해당된다. 글을 뽑을 때에는 너희 자신들이 마땅히 명심하여야 할 것을 주로 삼고, 지위가 높고 귀하게 된 사람들이 지켜야 할 것들은 간혹 생략해도 무방하다.

■ 전서(全書, 《주자대전》)에 이르기를 '마치 큰 돌덩이를 뽑아내는 것과 같아서 모름지기 뿌리째 뽑아야 한다. 오직 돌의 표면을 약간 깎는다면 무슨 일을 이룰 수 있겠는가?' (제1권 제15장) 하였는데, 이 항목은 마땅히 혁구습 편에 넣어야 한다.

■ '학문을 하는 것은 마치 배를 물 위로 거슬러 올라가게 하는 것과 같아서 물결이 평온한 곳에서는 그대로 가도 무방하지만, 여울이 심한 급류를 만나면 사공은 한 차례라도 노 젓는 것을 방심하여서는 안 된다. 배의 버팀목에 힘을 주어 한 발짝도 멈추면 안 되고, 한 발짝이라도 늦추게 되면 배는 올라갈 수 없게 된다.'라고 전장(前章)의 아래 항목에 나와 있는데, 이 항목은 마땅히 입지편에 넣어야 한다.

■ 어휘 중에 저(這)라는 것은 이것 [차(此)]이라는 뜻이고, 나(那)라는 것은 저것 [피(彼)]이라는 뜻이고, 임지(恁地)라는 것은 이처럼 [여허(如許)]이라는 뜻이다. 이 외에 이해하지 못할 말이 있으면 편지로 묻도록 하여라. [글을 뽑아서 적을 때 한 가지만 예를 들면 나머지 것

은 짐작할 수 있는 것이다.]

주서(朱書) 중에는 기굴(奇崛, 웅장), 돌올(突兀, 드높음)하고 참달
(慘怛, 비장) 맹렬해서 놀랄 만하고 기뻐할 만한 말들이 매우 많다.
혹시 12 편에 해당되지 않는 것을 뽑았을 때 넣을만한 항목은 없고
버리자니 매우 아까워 이럴까 저럴까 결정을 내리지 못하는 것이
있으면, 둘째 아이가 별도로 따로 모아서 종류를 구분하고 명칭을
붙여서 몇 편을 만들어 책의 뒤에 붙이도록 하여라. 이 책을 2월 보
름경에 보내온다면 내 마음이 매우 기뻐서 곧 일어나 춤이라도 출
것이다. 너희들이 진실로 조금이라도 나를 생각하는 마음이 있다
면 반드시 서둘러 시작해야 할 것이다.

제경(弟經)을 만들어 보아라

학연, 학유 보아라.

옛날에 안지(顔芝)라는 사람은 《효경전(孝經傳)》을 내었고, 마융(馬融)은 《충경(忠經)》을 지었으며, 진덕수(眞德秀)는 《심경(心經)》을 편찬하였다. 너희들이 《제경(弟經)》을 지으려 하니 매우 좋은 일이다. 그 차례와 항목은 정연하고 난잡하지 않아야 하므로, 시험삼아 아래와 같이 열거해 보니 다시 잘 참고해 보는 것이 좋겠다.

제 1. 원본(原本) [예를 들면 '효제(孝悌)는 아마도 인(仁)을 행하는 근본일 것이다.' 라고 한 것과 같은 《논어》, 《맹자》, 《중용》, 《대학》, 《예기》 중에서 격언 10여 조항을 골라서 머리로 삼는다.]

제 2. 기거(起居) ['아랫목에 앉지 않으며, 문지방에 서지 않으며, 빨리 걷지 않고 천천히 걷는다.' 와 같은 내용.]

제 3. 음식(飮食) ['밥숟갈을 크게 뜨지 않고 국물을 마시지 않는다.' 와 같은 내용.]

제 4. 의복(衣服) ['어린이는 비단으로 바지와 저고리를 해 입히지 않는다.' 와 같은 내용.]

제 5. 언어(言語) ['남의 말을 표절하지 말라.' 와 같은 내용.]

제 6. 시청(視聽) ['남의 은밀한 곳을 엿보지 말며, 소리가 없어도 들린다.' 라는 것과 같은 내용.]

제 7. 집사(執事) ['자리를 받들며 어느 곳에 앉을 것인지 여쭈며, 안석을 드리고 활과 화살을 챙긴다.' 는 것과 같은 내용.]

제 8. 추공(推功) ['공경이 사냥에까지 통하였다. 농부가 밭이랑을 양보한다.' 는 것과 같은 종류와 노인 공경, 향음주례(鄕飮酒禮) 등의 내용.]

• '공경이 사냥에까지 통하였다.' 라는 말은 예기(禮記) 제의(祭儀)에 나오는 말이다. 옛날에는 50세가 넘은 사람은 사냥꾼으로 사역하지 않았으며, 사냥해서 잡은 짐승을 나누어 주되 나이 많은 사람에게 많이 주어 노인 공경이 사냥에까지 통하였다.

경서(經書)나 예문(禮文) 중에서 12조에 해당되는 성인들의 말씀을 뽑아 윗부분에 기록하고, 그 아랫부분에는 《소학(小學)》, 《명신록(名臣錄)》, 《십칠사(十七史)》 등에 있는 효자들의 훌륭한 전기와 정한봉

(鄭漢奉)의 《일찬(日纂)》과 《퇴계언행록(退溪言行錄)》, 《해동명신록(海東名臣錄)》, 《조야수언(朝野粹言)》 중에서 공경과 밀접한 관계가 있는 말이나 선행의 글을 요약해서 다시 12조항을 만들어 그 아랫부분에 기록하도록 한다.

• 정한봉(鄭漢奉)은 중국 명나라 때 학자.

집안을 다스리는 네 가지 근본

학연, 학유 보아라.

주자(朱子)가 말하기를 '화합하여 잘 지낸다는 뜻인 화순(和順)은 집안을 바로 다스리는 제가(齊家)의 근본이요, 근검(勤儉)은 집안을 잘 이끌어가는 치가(治家)의 근본이며, 독서는 기울어져 가는 집안을 다시 일으키는 기가(起家)의 근본이요, 이치를 따르는 순리(循理)는 집안을 보전하여 가는 보가(保家)의 근본이다.' 라고 했으니, 이것이 이른바 집안을 다스리는 네 가지 근본이다.

얼마 전에 어떤 사람이 나에게 옛사람의 격언을 기록해 달라고 하기에 이것으로써 골자를 삼고, 객지라서 서적이 귀해 우선 4~5종의 서적에서 명언과 지론(至論)을 뽑아 책을 만들어 주었다. 그러나 그 사람은 내용도 모르면서 뜻이 너무 높고 원대하다고 하여 버리고 말았으니, 이런 천박한 세상이 안타깝기만 하다. 그래서 결국 그 책은 없어지고 말았으니 애석한 일이다. 너희들은 이것을 골자로 삼아 정자(程子)나 주자의 책과 《성리대전》, 《퇴계집》의 언행록, 《율곡집》, 《송명신록(宋名臣錄)》, 《설령(說鈴)》, 《작비암일찬(昨非菴日纂)》, 《완위여편(宛委餘篇)》과 우리나라 여러 선현들이 기술해 놓은 것 중에서 차례로 뽑아 3~4권을 만든다면, 이 또한 한 권의 좋은 책이 될 것이다.

효(孝)[효도], 제(悌)[공경], 자(慈)[사랑], 부화처순(夫和妻順)[남편은 화목을 이끌고 아내는 순종], 목친척(睦親戚)[친척과 화목], 어비복(御婢僕)[비복을 부림] 등의 모든 행동에 관계되는 종류는 제가의 근본에 넣어야 한다. 밭갈고 길쌈하는 방법과 의복과 음식에 대한 방법, 농사짓고 가축 기르는 법 같은 전원에 관계되는 모든 말은 치가의 근본에 넣어야 한다. 뜻을 세워 학문하는 것과 악을 제거하고 선으로 나아가는 것 및 사물의 이치를 연구하여 궁극에 도달한다는 격물(格物), 사물의 이치를 깊이 연구하는 일인 궁리(窮理)에서부터 책을 소장하거나 뽑아 기록하는 일, 책을 즐기고 아끼는 것과 같은 말은 기가의 근본에 넣어야 한다. 음덕을 베풀고 분노를 다스리는 것과 자기자신의 처지에 감사하고 어려움에 굳세게 대처하는 것과, 일에 대처하고 사물에 대응하는 것, 천명을 즐기고 운명을 아는 등의 사욕(私慾)을 막고 천리(天理)를 따르는 것에 관계되는 모든 말은 보가(保家)의 근본에 넣어야 한다. 이것을 모두 합하여 《거가사본(居家四本)》이라 이름하고 책상 위에 놓아두고 항상 읽는다면 어찌 몸과 마음에 크게 유익하지 않겠느냐. 너희들은 부디 힘쓰도록 하여라.

비어고(備禦攷)를 만들어 보아라

학연, 학유 보아라.

《비어고》는 아직 그 항목을 정하지 못하였으나 현재까지 모아둔 것이 적지 않다. 반드시 다음 항목에 따라 기록하고 더 수집하도록 하여라. 그리고 《무비지(武備志)》의 범례를 꼭 따를 필요는 없다.

> • 《무비지(武備志)》는 중국 명나라 모원의(茅元儀)가 지은 가장 완벽한 병법서로, 군기(軍器) · 병선(兵船) · 진형(陣形) 등의 도해(圖解) 외에도 여러 지도가 실려 있는 것이 특색이다.

일본고(日本考) · 여진고(女眞考) · 거란고(契丹考) · 몽고고(蒙古考) · 말갈고(靺鞨考) · 발해고(渤海考) · 유구고(琉球考) · 탐라고(耽羅考) · 하이고(鰕夷考 – 울릉도 우산국 등을 여기에 첨부한다.) · 해적고(海賊考) · 토적고(土賊考).

■ 한병고(漢兵考 – 예를 들면 한무제[漢武帝]·수양제[隨煬帝]·당태종[唐太宗]·당고종[唐高宗]이 정벌해 온 일)와 역내고(域內考 – 삼국시대의 전쟁과 견훤, 궁예 등에 관한 것)는 항상 공격당한 쪽으로 주체로 삼는다. 예를 들면 신라가 백제를 공격했을 때는 백제를 주체로 하여 쓰고, 고구려 등 다른 나라의 침략을 곁들여 적는다.

■ 삼별초는 해적고에 넣어야 하고, 이시애와 이괄 등은 토적고에 넣어야 한다.

■ 예맥·가락국 등의 소소한 싸움은 역내고의 끝에 첨부하도록 한다.

관방고(關防考)·성지고(城池考)·군제고(軍制考)·진보고(鎭堡考)·기계고(器械考)·장수고(將帥考)·교련고(敎鍊考).

■ 척계광의 《기효신서(紀效新書)》나 모원의의 《무비지(武備志)》 중에서 우리나라와 관계되는 것과, 《무예도보(武藝圖譜)》나 《병장도설(兵將圖說)》 같은 책에서 긴요한 것을 뽑아 넣어야 한다.

• 《기효신서(紀效新書)》는 중국 명나라 장군 척계광(戚繼光)이 지은 병서(兵書).
• 무예도보는 목판본으로 4권 4책으로 되어 있으며, 조선시대 정조가 직접 편찬 방향을 잡은 후 규장각 검서관 이덕무(李德懋), 박제가(朴齊家), 백동수(白東修) 등에게 명령하여 작업하게 하였으며 1790년(정조 14)에 간행되었다.
• 병장도설은 활자본으로 된 조선시대의 병서(兵書)로, 1492년에 편찬된 《진법(陣法)》을 1742년(영조 18)에 왕명으로 복간, 책명을 바꾼 것이다.

■ 봉수고(烽燧考)는 성지고의 끝 부분에 첨부해도 무방하다.

일본고나 여진고 등은 반드시 두 가지로 분류해야 한다. 전벌(戰伐)이나 조빙(朝聘) 같은 것을 한 종류로 묶어서 전략고(戰略考)의 예를 따르도록 하고, 그 지방의 풍요(風謠)나 물속(物俗)·토산(土産)·궁실(宮室)·성곽(城郭)·주거(舟車)의 제도 같은 것을 한 종류로 묶어서 외이고(外夷考)에 실은 예와 같이 하여야 한다.

유성룡(柳成龍)의 《서애집(西厓集)》,
이항복(李恒福)의 《백사집(白沙集)》,
이원익(李元翼)의 《오리집(梧里集)》,
이호민(李好閔)의 《오봉집(五峯集)》,
윤두수(尹斗壽)의 《오음집(梧陰集)》,
윤근수(尹根壽)의 《월정집(月汀集)》,
이정귀(李廷龜)의 《월사집(月沙集)》,
이덕형(李德馨)의 《한음집(漢陰集)》,
장유(張維)의 《계곡집(谿谷集)》,
이수광(李睟光)의 《지봉집(芝峯集)》,
이양원(李陽元)의 《노저집(鷺渚集)》,
이순신(李舜臣)의 《이충무공전서(李忠武公全書)》,
이민환(李民寏)의 《자암집(紫巖集)》등은 모두 긴요한 문집이다.

중국에서 바다를 따라 압록강 입구에서부터 여순(旅順) 입구 금주(金州)와 산동성 연변까지, 그리고 아래로 절강성(浙江省)과 복건성(福

建省)의 남쪽에 이르는 곳까지의 물길이 위험한 곳과 당시 조빙(朝聘)하던 도로를 적어 넣어야 된다.

■ 책을 지을 때에는 반드시 연대의 선후를 상세히 기재하여야 한다. 그렇게 해야만 자세히 확인하면서 조사할 수 있으며, 전벌, 조빙 같은 것은 한 조목을 기록할 때마다 반드시 그 날짜를 자세히 적어 넣어야 한다.

거짓말은 애당초 하지 말아라

학연, 학유 보아라.

부모 형제나 일가친척 중에 간혹 잘못이 있으면 이것을 어찌 숨길 수가 있겠느냐. 다만 평소에 한 마디라도 거짓말은 하지 말아야 한다. 나의 아버지 3형제분과 진천공(鎭川公), 해좌공(海左公) 형제분, 직산공(稷山公) 형제분 등 종중에 명망이 있었던 모든 분들이 일찍이 한 마디라도 거짓말을 하셨다가 남에게 탄로났다는 이야기를 들은 적이 없다. 나는 세상 사람들을 많이 겪어 보았는데 고관대작들이라 하더라도 그들이 한 말을 따져보면 열 마디 중에 일곱 마디는 거짓말이었다.

너희들은 시끄러운 서울 도심에서 자랐으니 모르기는 하지만 한 점의 나쁜 버릇이라도 없지는 않을 것이다. 지금부터는 최대한 노력해서 우선 거짓말을 하지 말도록 하여라. 그리하여 편지 중에 글

자 한 자, 대화 중에 말 한 마디를 반드시 확실히 살펴서 털끝만큼
도 실제와 틀림이 없게 한다면, 반드시 조상의 모범을 계승하게 될
것이다.

또한 그 어른들의 입에서는 일찍이 소인배의 말투 같은 비속한
말씀이 없었으므로 우리 집안사람은 시골에 사는 사람도 모두 그
렇지 않으며, 어린아이들까지도 그렇게 해오고 있다. 이는 초천,
용인, 법천에 거주하는 일가들도 모두 그러하고, 해서(海西)나 영남
에 사는 일가들도 모두 그러하다. 그런데 오직 서울에 사는 사람들
만이 더러 오염된 사람이 있으니 너희들은 아무쪼록 노력해서 고
쳐야 한다. 몇 달을 계속 실천해 나가면 결국에는 자연히 고쳐질
것이다.

지금 우리 집안은 폐족이 되었고 여러 일가들은 모두 우리보다
더 쇠잔하다. 그러므로 옛날에 우러러볼 만했던 풍류나 문장은 모
두 삭막해졌다. 그러니 너희들은 '우리집안은 원래 이랬구나.' 하
고 말할 수도 있겠다. 그러나 너희들은 반드시 선조들을 따라갈 수
는 없다하더라도, 그 끝을 보고서 뿌리를 헤아리며 그 흐름을 보고
서 근원을 찾는다면 우리집안이 어떤 집안이었는지를 알 수 있을
것이다. 너희들이 힘껏 만회해서 30년 전의 옛 모습을 보존한다면
너희들은 참으로 효자가 되는 자손이라 할 수 있을 것이다.

가풍을 지켜라

　세상에서 '정씨 가문의 야박한 풍속'이라고 칭하는 것이 하나 있는데, 그것은 이미 출가한 고모나 자매가 남편 집안사람들이 데리고 오지 않으면 서로 만나보지 않으며, 내외종 자매는 비록 데리고 오는 사람이 있어도 만나보지 않는 것이다. 이것은 너무 야박한 것 같으나 이는 좋은 법도이니, 지금까지 내려오는 법도를 경솔히 고쳐서는 안 된다. 그러나 아버지 쪽에 대해서는 십촌 이내의 분들에게 반드시 정초마다 부녀자를 찾아가 인사를 하니 이는 후한 풍속이다.

집에 오는 손님을 정성으로 맞이해라

사람 사는 집안에는 화목한 기운이 있도록 힘써야 한다. 일가친척이 함께 모일 때나 친한 손님이 찾아오면 아무쪼록 즐거운 마음으로 정성을 다해 맞이해서 며칠이라도 머무르게 하여 그들이 불편한 것이 없도록 해 주어야 한다. 만약 단정하게 무릎을 꿇고 앉아서 인사나 나눈 다음 말도 하지 않고 웃지도 않으며, 하품이나 하고 기지개를 켜면서 무뚝뚝하게 대하여서 손님으로 하여금 무안하고 서먹서먹하여 일어나서 가게 하고, 손님이 가는데도 붙잡지 않고, 배웅할 때도 마루에서 내려오지도 않는다면, 그와 같은 사람에게는 아무도 따르지 않을 뿐만 아니라 반드시 평생의 복을 내쳐버리게 되는 것이니 절대로 그렇게 하지 않도록 하여라.

남의 어머니도 잘 모셔라

학연, 학유 보아라
마음이 아프다!
한가구(韓可久)의 어머니는 우리 형제가 숙모처럼 섬겨야 할 분
이다.

> • 한가구(韓可久)는 다산 아버지의 친구 한광부(韓光傅)의 아들이며,
> 숙인(淑人)은 정삼품의 당하관·종삼품의 아내인 외명부(外命婦)의 품
> 계를 말한다.

예전에는 자주 찾아뵙곤 하였는데 너희들도 아비의 정리(情理)를
생각해서 자주 찾아뵙도록 하여라. 더구나 한가구는 우리가 위급
하고 어려울 때 도와주는 의리를 지키신 분이었으니 더욱 감사해
야 한다. 그런데 너희들은 어찌하여 가노(家奴)가 서울에 갈 때에 한

가구의 어머니인 권숙인(權淑人)께 공손히 문안을 드리도록 하여 예전의 좋은 정리를 지키지 않고 있느냐? 큰애는 한가구 어머니의 생신을 알아가지고 그 계절에 생산되는 과일을 올릴 것이며, 또 한광부(韓光傅) 공의 제일(祭日)에도 항상 과일을 보내어 제사를 돕도록 하여라.

불량배들과는 어울리지 마라

가노가 전하는 말을 들으니, 어떤 사내아이가 두 집안의 상제(喪制)들과 함께 불량배들을 모아 여종의 남편 집에 가서 여종에게 먹을 것을 요구하며 주먹질과 발길질을 했다 하니, 이 말을 듣고 경악을 금치 못하였다. 그 무리들은 어찌하여 진심으로 경서를 연구하고 행실을 바로 하여 하늘이 주신 심성을 지키지 않고 무슨 이유로 잔악하고 못된 짓을 하여 자꾸 양심을 버리는 것이냐. 요즘 떼거리를 지어 마을 거리를 돌아다니면서 도리에 어긋난 못된 행동을 하고 있다니, 계속 그렇게 행동한다면 나중에 몇몇은 도적떼가 되지 않겠느냐? 그런 행동은 징조가 대단히 좋지 않아 모골을 송연하게 하는구나. 너희들이 만약 그들과 인척관계가 된다고 하여 멀리하지 않는다면 반드시 큰 낭패를 보게 될 것이다. 폐족들끼리는 서로 동정해주는 마음을 갖고 있기 때문에 관계를 끊어버리지 못하고 함께 나쁜 길로 빠져버리는 수가 있으니, 너희들은 절대로 그렇게 되지 않도록 마음에 새기고 노력하여라.

시의 근본은 **인륜**에 있다

학연, 학유 보아라.

시를 짓는 것이 중요한 일은 아니지만, 성격과 심성을 닦는 데는 시를 읊는 것이 도움이 된다. 그런데 힘차고 늠름하며 장엄하고 광활하며 청량하고 깨끗한 기상에는 전혀 마음을 쓰지 않고, 단지 예민하고 사소하며 가볍고 단편적인 것에만 힘쓰고 있으니 개탄할 일이다. 율시(律詩)만을 짓는 것은 바로 우리나라 사람의 좋지 않은 습속이다. 그래서 오언(五言)이나 칠언(七言)으로 된 고시(古詩)는 한 수도 볼 수 없으니, 그 저급한 의지와 취향 그리고 편협한 기질을 반드시 바로잡아야 할 것이다.

내가 요즘 생각해 보니 자신의 뜻을 표현하고 생각을 읊는 데에는 네 자로 된 사언시(四言詩)만큼 좋은 것이 없더라. 후세 사람들이 시를 지을 때 남의 것을 그대로 모방하는 것을 혐오해 사언시를 폐

지해 버렸는데, 지금 나의 처지에서는 사언시를 짓는 것이 매우 좋
구나. 너희들도 깊이 시의 근본을 연구하고, 도연명(陶淵明)과 사영
운(謝靈運)의 깨끗하고 순수한 정화(精華)만을 본받아서 부디 사언시
를 짓도록 하여라.

> • 도연명(365~427)은 중국 동진(東晉)의 시인. 귀족적 생활에서 풍겨
> 나온 여유 있는 유희문학(遊戱文學)이 아니라 민간생활 그 자체를 노
> 래한 문학이었다. 같은 시대 시인인 사영운과는 매우 대조적이었다.
> 사영운(385~433)은 호방하면서도, 섬세하고 풍운(風雲)이 넘치는 시
> 를 남겼다. 도연명의 시가 기교를 부리지 않고 평탄했던 데 비하여 사
> 영운의 시는 한 자 한 구절을 갈고 닦아, 자연의 모습을 객관적으로 담
> 아낸 산수시(山水詩)의 창시자라고 할 수 있다.

시의 근본은 부자(父子), 군신(君臣), 부부(夫婦)의 인륜에 있으니,
경우에 따라서는 그 즐거운 뜻을 찬양하기도 하고, 원망하고 사모
하는 마음을 나타내도록 하여라. 그 다음으로는 세상을 걱정하고
불쌍하고 힘없는 백성들을 구제해 주고 재물이 없는 사람을 구원
해 주고자 찾아보고, 차마 그들을 버려둘 수 없다는 뜻을 세우고
나면 마침내 시가 되는 것이다. 만약 자기의 이해에만 관계되는 것
뿐이라면 이는 시라고 할 수 없는 것이다.

오류(五倫)의 의미

학연, 학유 보아라.

사람들이 항상 오륜(五倫)을 말하지만 당파싸움이 그치지 않고 반역을 꾀하는 옥사가 자주 일어나니 이는 군신유의(君臣有義)의 의리가 무너진 것이다. 양자(養子)를 들이는 올바른 도리가 분명치 못해서 지손(支孫)과 서얼(庶孼)이 제멋대로 행동하고 있으니 이는 부자유친(父子有親)이 무너진 것이며, 창기(娼妓)를 금하지 않고 관가의 수장이 창기에 빠져 있으니 이는 부부유별(夫婦有別)이 어지러워진 것이다. 노인을 봉양하지 않고 신분이 귀하다 하여 교만을 부리고 있으니 이는 장유유서(長幼有序)의 질서가 무너진 것이며, 사람이 마땅히 행해야 할 도덕상의 의리를 강론하지 않고 과거만을 위주로 해서 강론하고 있으니 이는 붕우유신(朋友有信)의 신의가 어그러진 것이다. 이 다섯 가지의 폐해는 성인이 나타나서 반드시 고쳐야 할 것이다.

오전(五典) 즉 오륜(五倫)의 가르침을 요약하면 효도[효(孝)], 공경 [제(弟)], 사랑[자(慈)]이다. 여기에 군신(君臣), 부부(夫婦), 장유(長幼), 붕우(朋友)는 들어있지 않은데 이는 그것이 중요하지 않아서가 아니라 오륜의 가르침에서 볼 때 효도를 하면 반드시 충성스럽게 되고, 공경을 하면 반드시 공손하게 되어 부부의 화합과 친구간의 신의는 굳이 힘쓰지 않아도 저절로 되기 때문이다. 유자(有子)가

• 유자(有子)는 공자의 제자인 유약(有若)을 가리킨다. 《논어》에서 유자는 효도와 공경이 선(善)을 행하는 근본이라고 말하고 있다.

요약해서 효도와 공경이라고 한 것은, 사랑은 짐승들도 할 수 있는 것이기 때문이며, 증자(曾子)가 요약해서 《효경(孝經)》을 지은 것은 효도를 하는 사람치고 공경하지 않는 사람이 없기 때문이다. 효도 하나만 제대로 하면 모든 선(善)이 다 이루어지게 되는 것이다.

부부유별이라는 것은 각자가 그 짝을 배필로 삼고 서로 남의 배필을 넘보지 않는 것이다. 창부(娼婦)의 자식은 그 아비를 알지 못한다. 그러므로 부부유별이 있은 다음에 부자유친이 있게 된다고 한 것이다. 가령 부부간에 유별은 없고 다만 서로 공경하여 손님처럼 대하기만 한다면 부자의 친함에 아무런 도움이 되지 않는다. 경전 가운데 부부유별에 대한 증거가 헤아릴 수 없이 많으니 네가 한번 모아 보아라.

인의예지(仁義禮智)는 행위가 이루어진 다음에라야 그 의미를 따질 수 있는 것이다. 측은(惻隱)한 마음이나 수오(羞惡)하는 마음도 안으로부터 나오는 것인데, 성리(性理)를 말하는 사람들은 항상 인의예지를 네 개로 분리해서 마음속에 따로 간직하고 있는 것이라 하는데 이것은 잘못이다. 마음속에 있는 것은 다만 측은이나 수오의 근본일 뿐인데, 이것을 인의예지라고 부를 수는 없는 것이다. 옛날 명례방(明禮坊)에서 공부할 때에 이미 이 말을 들었을 것이다. 이는 오랜 옛날부터 내려오는 해석이다.

퇴계는 오로지 심성(心性)을 주체로 삼았기 때문에 이발(理發)과 기발(氣發)이 있다고 하였고[도심(道心)은 이발이고 인심(人心)은 기발이다. 사단(四端)과 칠정(七情)도 마찬가지이다.], 율곡은 도(道)와 기(氣)를 통틀어 논했기 때문에 기발만 있고 이발은 없다고 말한 것이다. 두 선현의 말씀은 가리킨 바가 각기 다르나 그 말이 서로 같지 않다 해서 나쁠 것이 없다. 그런데도 동인(東人)의 선배들은 기(氣)를 성(性)으로 잘못 보았다고 배척하고 있는데 이는 잘못된 것이다.

주역(周易)의 해석

《주역》에 보면 우주 만물의 근원이 되는 본체(本體)인 태극(太極)이 양(陽)과 음(陰)인 양의(兩儀)를 낳고 양의가 사상(四象)을 낳고, 사상이 팔괘(八卦)를 낳는다고 하였는데, 점치는 사람들은 노음(老陰), 소음(少陰), 노양(老陽), 소양(少陽)을 사상이라고 한다. 그러나 노(老), 소(少)에 대한 이야기는 경전에 보이지 않는다. 점치는 사람들의 말대로라면 이는 음양이 음양을 낳는 것이지, 양의가 사상을 낳는 것이 아니다. 우번(虞翻)이라는 사람은 사시(四時)를 사상이라 하였다. 그러나 사시가 팔괘를 낳을 수는 없는 것이다. 사상이 형상(形象)한 것은 천(天), 지(地), 수(水), 화(火)이고, 천, 지, 수, 화는 스스로 형상을 이루었을 뿐, 다른 물건이 섞이지 않은 것이다. 그러므로 천이 화를 옮겨서 풍이 되고 화가 천에서 터져 나와 우뢰가 되며, 수가 땅을 깎아서 산이 되고[산이란 저절로 이루어진 것이 아니라 물에 의하여 사태가 나서 우뚝 서게 된 것이다.], 지가 수를 가두어 못이 되는 것이니, 따라서 사상이 팔괘를 낳는다는 것이다. 하늘이란 하나의 기(氣)인 것이다.

양의(兩儀)는 천(天)과 지(地)를 말한다. 천(天)과 화(火)가 합해져서 천(天)이란 이름이 있게 되고, 지(地)와 수(水)가 합쳐져서 지란 이름이 있게 되었다. 유성과 혜성이 생기는 것은 화가 천과 합하였다는 증거요, 습기가 차는 것은 물이 땅에 차 있기 때문이다. 태극이란 처음부터 천을 배태(胚胎)한 것이다. 태극이 분리되어 천, 지가 되고, 천, 지가 다시 천, 지, 수, 화가 되고, 천과 화가 서로 교접해서 풍(風)과 뇌(雷)가 되고, 지와 수가 어울려서 산(山)과 택(澤)이 되었다. 그러므로 사상이 팔괘를 낳는다고 말한 것이다.

천시(天時)가 있고 인시(人時)가 있기 때문에 자월(子月 – 천시 기준)과 인월(寅月, 인시 기준)을 정월(正月)로 삼는 것인데, 축월(丑月)을 정월로 삼은 것에 대해서는 알지 못하겠다. 그러나 빈풍(豳風)의 칠월시(七月詩) 서문

• 자월은 음력 동짓달을 말한다. 음력 12달을 십이지(十二支)에 맞추고 매월마다 이에 따른 월건(月建)이 있는데 이는 북두칠성 자루가 초저녁에 가리키는 방향에 의하여 명칭을 붙인 것이다. 예를 들어 음력 11월에는 북두칠성 자루가 정북인 자방(子方)을 가리키며, 12월에는 축방(丑方), 1월에는 인방(寅方), 2월에는 묘방(卯方)을 가리킨다. 정월 초하루를 정함에 있어 하(夏)나라에서는 인방을 가리킨 달[인월(寅月)]을 정월로 하였고, 은(殷)나라에서는 축방을 가리킨 달[축월(丑月)]을, 주(周)나라에서는 자방을 가리킨 달[자월(子月)]을 정월로 하였다. 다산은 이에 대해 자월(子月)은 동짓달로서 태양을 위주로 하였기 때문

에 천시(天時)에 기준하였고, 인월(寅月)은 춘, 하, 추, 동의 절기에 따른 것으로서 인사(人事), 즉 농사에 기준한 것이라고 보지만 축월(丑月)은 그 의미를 알 수 없다고 밝히고 있다.

• 빈풍의 칠월시는 주공이 국가의 반란을 당하자 후직(后稷) 등의 선조들이 농사를 지어 어렵게 왕업(王業)을 일으킨 내용을 서술한 것이다. 여기에 보면 '칠월에 유성(流星)이 떨어지면 구월에 새로 만든 옷을 입혀준다. 정월의 날씨는 바람이 거세고 2월의 날씨는 추위가 매서우니 옷이 없으면 어떻게 해를 넘기겠는가. 3월에는 농기구를 손질하고 4월에는 밭갈이를 한다.' 라고 하였는데 다산은 앞의 칠월과 구월은 인월(寅月)을 정월로 한 하정(夏正)을 기준하였으며, 그 다음에 나오는 정월의 날씨... 2월의 날씨... 라고 하는 것도 주정(周正, 주나라의 정월)을 기준으로 한 것이 아니라 11월과 12월을 각각 가리킨 것으로 보아 주나라 초기에는 자월을 정월로 삼지 않았다고 주장하였다.

에 '주공(周公, 성왕 때)이 지은 것이다.' 라고 하였는데, 4~5월부터 10월까지는 그대로 하정(夏正, 하 나라 정월)을 쓴 것이고, 일지일(一之日)이니 이지일(二之日)이니 한 것은 태양이 궤도를 한 바퀴 돌아서 다시 동지(冬至)에서 시작되기 때문에 자월(子月)을 일지일이라고 한 것이다. 태양의 궤도를 돌기 때문에 일(日)이라고 한 것이며, 월(月)과 혼동하여 일이라고 한 것은 아니다. 《서경》소고(召誥)에 나오는 낙읍(洛邑)을 경영한 역사(役事)도 바로 중춘(仲春)이었다. 만약 중춘

• 중춘(仲春)은 2월을 말한다. 정월은 맹춘(孟春), 3월을 계춘(季春)이라 하는데 《서경》 소고의 중춘이 만일 자월을 기준으로 한 것이라면 축월(하정의 섣달)에 해당되므로 날씨가 추워서 토목공사를 하기가 어려웠음을 말한 것이다.

이 축월이라 한다면 날씨가 춥고 땅이 얼어서 토목공사를 하기가 어려웠을 것이다. 소아(小雅)나 대아(大雅)에 실려 있는 모든 시들이 다 하정(夏正)에 맞아떨어지니, 자월(子月)을 정월로 삼은 것은 주(周)나라 말기에 만들어진 것으로 보인다.

저자(著者)를 표기하는 방법

학연, 학유 보아라.

검오장(黔敖章)은 본래 빠진 글자가 없다. 이것은 고문(古文)에서 볼 수 있는 간략하고 질박한 문체이니 반드시 배워두도록 하여라. 만일 '검오(黔敖)', '아자(餓者)' 등의 글자를 넣게 되면 그 당시의 모습이 없어지게 된다.

• 검오는 중국 춘추전국시대 제(齊)나라 사람. 검오장은 예기(禮記) 단궁하(檀弓下)에 있는 글로 그 내용은 다음과 같다.

제(齊)나라에 큰 흉년이 들어 아사(餓死)하는 사람이 속출하자 검오는 길거리에서 밥을 지어 굶주린 자[아자(餓者)]에게 나누어 주었다. 이때 굶주린 자 한 사람이 소매로 얼굴을 가리고 신발을 동여매고는 비실비실 걸어왔다. 검오는 왼손에 밥을 들고 오른손에 마실 것을 들고는 "아! 불쌍한 사람, 이리 와서 이것을 드시오." 라고 하였다. 〈아자(餓者)〉는 눈을 부릅뜨고 말하였다. "나는 아! 불쌍하니 와서 이것을 먹으라고 하면서 주는 음식을 받아먹지 않아서 이 지경이 된 것이오." 〈검

《양자방언(揚子方言)》에 '조선열수지간(朝鮮冽水之間)'이라는 말이 자주 나오는데, 조선은 오늘날 서로(西路 - 평안도 지방)이고, 열수는 우리 집 앞의 한강이다. 강화도를 열구(冽口)라고 하는 것이 그 증거라고 할 수 있다. 중국 사람들은 책을 쓰고 저자의 이름을 기록할 때에 그 당시 살던 곳을 주로 기록하였고, 성(姓)의 관향(貫鄕)을 쓰지 않았다. 예를 들면 수수(秀水) 주이준(朱彝尊)이라고 한 것은 집이 수수에 있었다는 것이고, 회계(會稽) 장개빈(張介賓)이라고 한 것은 집이 회계에 있었다는 뜻이다.

우리나라에서는 이러한 예를 알지 못하고서 월사(月沙)[이정귀(李廷龜)의 호]를 '연안(延安) 이정귀'라 칭하고, 호주(湖州)[채유후(蔡裕後)의 호]를 '평강(平康) 채유후'라고 칭하는데, 이는 모두 잘못이다. 너희들은 이제부터 책을 쓰거나 글을 뽑아 적을 때에 '열수(冽水) 정(丁) 아무개'라고 칭하도록 하여라. '열수'라는 두 글자는 어디에 내놓아도 떳떳하고 고향을 밝히는 데에도 매우 친절하다.

제례고정을 보내며

학연, 학유에게

이번에 보내는 《제례고정(祭禮考定)》 한 권은 내 평생의 뜻이 담겨
져 있는 책이다.

태뢰(太牢)와 소뢰(小牢)의 명칭을 세상 사람들이 알지 못하는 것
은 아니지만, 오직 소 한 마리, 양 한 마리, 돼지 한 마리를 태뢰라
하고, 양 한 마리, 돼지 한 마리를 소뢰라 한다는 것만 알고 있을
뿐, 그 제기(祭器) 접시와 그릇들의 정연함이 마치 자연적으로 이루
어진 것 같다는 것은 알지 못한다. 옛사람들은 연회를 베풀고 제사
를 지낼 때에 모두 등급이 있어서 항상 태뢰, 소뢰, 특생(特牲 – 소 한
마리), 특돈(特豚 – 돼지 한 마리), 일정(一鼎 – 솥), 포혜(脯醯 – 포) 등 여섯
가지 중에서 등급에 따라 사용했으며, 나물 하나 과일 하나라도 마
음대로 더하고 빼지 못하였으니 선왕(先王)들의 법제가 엄격하고 세

밀함을 알 수가 있다.

　태뢰는 천자(天子)나 제후(諸侯)가 사용하는 물건이다. 그런데 오늘날은 감사가 지방을 순시하게 되면 그 연회에 쓰이는 그릇의 숫자가 태뢰의 5배를 넘는다. 옛말에 '흥청망청 술마시고 고기를 먹고 놀기를 좋아해 주색에 빠진다.' 라는 말이 있는데, 불행히도 이 말이 요즘 실정과 비슷하다 하겠다.

　내가 만든 이 《제례고정》은 단지 제사에 관한 것만이 아니다. 이 것은 서울이나 지방 어디에서나 사객(使客)의 접대와 혼인과 회갑 등 모든 연회에 쓰이는 음식에 대해서 제도를 만든 것이다. 이것을 정성껏 실행하여 제도에 벗어남이 없게 할 수 있다면 세상 사는 도리에 도움이 되지 않겠느냐. 만약 내가 수년 전에 이 책을 만들었다면 어찌 선조(정조를 가리킴)께 올려 많은 사람들이 시행하도록 하지 않았겠느냐. 이 책을 완성하고 나서 슬픈 마음이 일어남을 금치 못하겠구나.

계옥의 고통

학연, 학유 보아라.

덕수(德叟)와 철제(鐵弟)가 이곳에 와서 모두 떠나지 않고 공부하고 있으니 기특하고 기쁜 마음 이루 말할 수 없구나. 철제의 집에 자주 들러보고 급한 일이 있으면 도와주고, 추위나 큰 비가 내리면 반드시 계옥(桂玉)의 고통을 생각하고 도와주도록 하여라. 어려울 때의 국 한 그릇이 허술한 집 한 채 값보다도 나을 것이다. 지금 온 집안이 모두 흩어져 버렸으니 아무쪼록 마음을 다해 보살펴 편안히 살도록 하여라.

• 계옥이란 먹고 사는 물가가 높다는 것을 의미한다. 《전국책(戰國策)》에 나오는 이야기로 '초(楚)나라의 음식은 옥(玉)보다도 귀하고 땔감은 계수나무보다도 귀하다.' 라고 한 데서 나온 말이다.

양계법을 책으로 만들어 보아라

학유 보아라.

네 형이 멀리서 왔으니 반갑기는 하다만 며칠 간 함께 이야기해 보니, 옛날에 가르쳐준 경학(經學)의 이론을 하나도 대답하지 못하고 머리만 좌우로 갸웃거리더구나. 아! 이는 무슨 까닭이냐? 아마도 어린 나이에 집안에 화를 당해 혈기가 상하여 정신을 바로 차리지 않아 그런 것인가 보다. 그러나 만약 자주 책을 찾아보고 복습을 하였다면 어찌 이 지경에까지야 이르렀겠느냐? 너무나 한심스럽다. 네 형이 이 정도라면 너 또한 어떠한지를 알겠다. 네 형은 글공부에 대하여 다소나마 취미를 갖고 있는데도 이와 같은데, 전혀 손도 대지 않은 너야 오죽하겠느냐.

가령 내가 집에 있으면서 너희들을 가르쳤는데도 너희들이 따르지 않은 것이라면 보통 사람의 집안에서는 혹 있을 수 있는 일이겠지만, 지금 나는 귀양을 와서 남쪽의 먼 변방, 습한 지대에서 잘 생기는 질병이 유행하는 곳에 몸을 붙이고 외롭게 지내면서 밤낮으로 너희들에게 기대를 걸고 때때로 마음의 열정을 적어서 보내주곤 하였는데, 너희들은 한번 보고는 상자 속에 던져 버리고 마음에 두지 않으니 이래서야 되겠느냐.

네가 닭을 기른다는 말을 들었는데, 닭을 기르는 것은 참으로 좋은 일이다. 하지만 닭을 기르는 방법에도 품위 있고 저속하고, 깨끗하고 더러운 것의 차이가 있다. 꼼꼼하게 농서를 잘 읽어서 좋은 방법을 선택하여 시험해 보아라. 색깔과 종류로 구별해 보기도 하고, 홰를 다르게도 만들어 보고, 사료 관리를 특별히 해서 남의 집 닭보다 더 살찌고 알을 더 많이 낳게 해 보아라. 또 간혹 시를 지어서 닭의 정경을 읊어 닭들의 모든 것을 파악해 보아야 하는데, 이것이 바로 독서한 사람이 양계하는 법이다. 만약 이익만 생각하고 의리를 알지 못하며, 닭에 대한 취미를 붙이지 못하고 무작정 기르는 것에만 골몰해 이웃의 채소를 가꾸는 사람들과 아침저녁으로 다투기나 한다면, 이는 바로 서너 집 모여 사는 시골의 졸렬한 사람이나 하는 양계법이다. 너는 어느 쪽을 택하겠느냐? 이미 양계를 하고 있다니 아무쪼록 모든 서적에서 양계에 관한 이론을 뽑아 양계하는 법이라고 할 수 있는 '계경(鷄經)' 이라는 책을 만들어서 육우(陸羽)의 《다경(茶經)》, 유혜풍(柳惠風)의 《연경(煙經)》과 같이

• 육우는 중국 당나라 때(8세기 경) 사람으로 그가 지은 《다경(茶經)》
은 최고(最古)의 다론서(茶論書)이다.

• 유혜풍은 유득공(柳得恭, 1749~1807)으로 자가 혜풍이다. 조선 정조 때의 북학파(北學派), 검서관(檢書官)을 지냈음. 주요저서로는 《경도잡지(京都雜志)》, 《발해고(渤海考)》, 《사군지(四郡志)》 등이 있다.

한다면, 이 또한 하나의 좋은 일이 될 것이다. 세속적인 일에서 맑은 운치를 간직하는 것은 항상 이런 방법으로 예를 삼도록 하여라.

독서하는 방법

　네가 열 살 전에는 몸이 약해서 병을 많이 앓았었는데, 요즘 들으니 근육과 뼈마디가 굳세고 씩씩하며 정신력도 강해지고 잡곡밥도 잘 먹고 힘든 것도 견뎌낼 줄 안다니 제일 반가운 일이다. 무릇 남자가 독서하고 행실을 잘 닦으며 집안을 다스리고 일하는 모든 행동에 있어서 정신력이 없으면 아무것도 할 수 없다. 정신력이 강해야만 부지런하고 민첩해질 수 있으며 지혜로워질 수 있으며 큰 일을 이룰 수 있는 것이다. 진정으로 마음을 다잡아 꾸준히 앞을 향해 정진한다면 비록 태산이라도 옮길 수 있는 것이다.

　나는 몇 년 전부터 독서에 대하여 제법 많은 것을 알게 되었다. 내가 보건대 책을 그냥 읽기만 하면 하루에 백 번 천 번을 읽어도 읽지 않은 것과 마찬가지이다. 책을 읽을 때에는 한 글자를 볼 때마다 그 뜻을 분명하게 알지 못하는 곳이 있으면 반드시 널리 고찰하고 자세히 연구해서 그 근본을 터득해야 그 글의 전체를 완전히 이해할 수 있는 것이다. 독서는 항상 이러한 자세로 해야 한다. 그렇게 하면 한 종류의 책을 읽을 때에 아울러서 수백 가지의 책을 널리 비교하여 고찰하게 될 것이며, 그렇게 되면 읽고 있는 책의 깊은 의미를 분명히 꿰뚫을 수 있을 것이다. 그러니 이 점을 몰라서는 안 된다.

예를 들면 《사기(史記)》의 자객열전(刺客列傳)을 읽다가 '조도제(祖道祭)를 지내고 길을 떠났다[旣祖就道(기조취도)].'라는 한 구절을 만나게 되었을 경우 '조(祖)란 무엇입니까?' 하고 스승에게 물어 보아라. 그러면 스승은 '전별제(餞別祭)이다.' 라고 대답해 줄 것이다. 그러면 '꼭 조(祖)라고 하는 말을 붙이는 것은 무슨 까닭입니까?' 하고 물어서 스승이 '자세히 모르겠다.' 고 하거든 집으로 돌아와서 자전(字典)을 꺼내 '조' 자의 본뜻을 살펴보고, 또 자전에 있는 내용을 토대로 하여 다른 책까지 찾아보고 그 풀이를 고찰해서 그 근본을 알도록 하고 지엽적인 뜻까지도 확인하여라. 또 《통전(通典)》이나 《통지(通志)》, 《통고(通考)》 같은 서적에서 조제(祖祭)에 관한 예절까지 찾아 모아 책으로 만들면 영원히 없어지지 않고 오래도록 남을 좋은 책이 될 것이다.

이렇게 하면 전에는 아무것도 모르던 네가 그날부터는 조제의 내력을 훤하게 꿰뚫는 사람이 될 것이니, 어느 대학자(大學者)라 할지라도 조제에 관한 한 가지 일에 있어서는 너와 겨룰 수 없을 것이다. 그렇게 되면 얼마나 즐거운 일이냐? 주자(朱子)의 격물(格物) 공부도 이와 같은 것이다. 오늘 한 가지 사물에 대해 끝까지 연구하고 내일 또 한 가지 사물에 대하여 끝까지 연구하여 해결하는 것이다. '格(격)'이라는 것은 끝까지 연구하여 궁극에 도달한다는 뜻이니, 끝까지 연구하지 않는다면 아무런 의미가 없는 것이다.

《고려사(高麗史)》를 빨리 보내 주지 않으면 안 되겠다. 그 중에서 가려 뽑는 방법을 너의 형에게 자세히 가르쳐 주었으니, 이번 여름에 부디 너희 형제들이 마음을 집중하고 온힘을 쏟아서 이 일을 끝내도록 하여라. 글을 뽑아 옮겨 적는 방법은 반드시 먼저 자기의 뜻을 정해서 만들 책의 규모와 차례를 만든 뒤에 뽑아 적어야만 일관된 묘미가 있는 것이다. 만약 정해 놓은 규모와 차례에 해당하는 것 말고도 뽑지 않을 수 없는 것이 있으면 베껴 적을 책 하나를 따로 갖추어 놓고 나오는 대로 기록해 두면 요긴하게 써먹을 곳이 있게 된다. 물고기를 잡으려고 그물을 쳐 놓았는데 기러기가 걸렸다고 해서 어찌 버리겠느냐.

술 마시는 절도

너의 형이 왔기에 시험삼아 술을 마시게 했더니 한 잔을 마셨는데 취하지 않더구나. 그래서 동생인 너의 주량은 얼마나 되느냐고 물었더니, 너는 형보다 배도 넘는다고 하더구나. 어찌하여 글공부에는 이 아비의 성벽(性癖)을 닮지 않고 술만은 이 아비를 넘느냐. 이것은 반가운 소식이 아니다. 너의 외조부이신 절도사공(節度使公)께서는 술 일곱 잔을 마셔도 취하지 않으셨지만, 평생 동안 술을 입에 가까이하지 않으셨다. 노년에 이르러서 작은 술잔 하나를 만들어 입술만 적셨을 뿐이었다.

나는 태어난 이래 아직까지 술을 많이 마셔 본 적이 없어 나 자신의 주량을 알지 못한다. 벼슬에 오르기 전에 중희당(重熙堂)에서 세 번 연거푸 일등을 하면 먹는 소주를 옥필통에 가득 따라 주시기에 마시면서 '나는 오늘 죽었구나.'라고 마음속으로 혼자 생각했었는데 심하게 취하지는 않았었다. 또 춘당대(春塘臺)에서 임금님을 모시고 시험답안을 고찰할 때에 좋은 술을 큰 사발로 한 그릇 하사받았는데, 그때 여러 학사(學士)들은 크게 취하여 인사불성이 되었다. 그리하여 어떤 이는 남쪽으로 향하여 절을 올리기도 하고 어떤 이는 자리에 엎드리고 누워 있고 하였지만, 나는 내가 읽어보아야 될 답안을 다 읽었고, 착오 없이 과거에 급제한 사람의 등급도 매겼다. 그리고 물러날 때쯤 약간 취했을 뿐이었다. 그렇지만 너희들은 내가 술을 반 잔 이상 마시는 것을 본 적이 있느냐?

참으로 술맛이란 입술을 적시는 데 있는 것이다. 소가 물을 마시듯 마시는 사람들은 입술이나 혀는 적시지도 않고 곧바로 목구멍으로 넘어가니 무슨 맛이 있겠느냐? 술의 정취는 살짝 취하는 데 있는 것이다. 얼굴빛이 붉은 귀신같고 구토를 해대고 잠에 곯아떨어지는 자들이야 무슨 정취가 있겠느냐. 요컨대 술마시기를 좋아하는 자들은 대부분 폭사(暴死)하게 된다. 술독이 오장육부에 스며들어 하루아침에 썩기 시작하면 온 몸이 망가지고 만다. 이것이 바로 크게 두려워할 일이다.

나라를 망하게 하고 가정을 파탄내는 잘못된 행동은 모두 술로 말미암아 비롯된다. 그러므로 옛날에는 고(觚)라는 술잔을 만들어 절제하였다. 후세에서는 그 고라는 술잔을 사용하면서도 제대로 절제하지 않으므로 공자는 '고라는 술잔을 사용하면서도 주량을 조절하지 못한다면 고라고 할 수 있겠는가?'라고 말씀하셨던 것이다.

• 고(觚)는 논어 옹야(雍也)에 觚 不觚觚哉 觚 哉 (고불고고재고재)라
는 구절에 나오는데 주자집주(朱子集註)에는 '모가 난 그릇이 모가 나
지 않았다면 모난 그릇이라 하겠느냐.' 라고 해석하고 있다.

　　너처럼 배우지 못하고 식견이 좁은 폐족의 한 사람으로서 못된
술주정뱅이라는 이름이 더 붙게 된다면 앞으로 어떤 등급의 사람
이 되겠느냐? 정신차려서 절대로 입에 가까이하지 말고, 제발 아득
히 멀리 떨어져 있는 이 애처로운 아비의 말을 따르도록 하여라.
술로 인한 병은 등창이 되기도 하며, 뇌종양, 치루, 황달 등 별별스
런 기괴한 병으로 이어지기도 하는데, 이러한 병이 일어나게 되면
어떠한 약도 효험이 없게 된다. 너에게 제발 바라노니 술을 끊고
마시지 말도록 하여라.

사기를 읽을 때

　네가 아직도 《사기》를 읽고 있다 하니 그래도 다행한 일이다. 옛날 고정림(顧亭林)은 《사기》를 읽을 때에 본기(本紀)나 열전(列傳)은 마치 한 번도 손을 대지 않은 것과 같았고, 연표나 월표에 있어서는 손때가 많이 묻었으니 이것이 제대로 읽는 방법이다. 《기년아람(紀年兒覽)》에 실려 있는 큰 사건의 기록이나, 역대의 연표 같은 것은 반드시 그 범례를 자세히 읽을 것이며, 《국조보감(國朝寶鑑)》

　• 고정림은 중국 명말(明末), 청초(淸初)의 사상가인 고염무(顧炎武).
　• 국조보감은 조선 역대 국왕의 치적 중에서 모범이 될 만한 사실을 수록한 편년체의 역사책.

에서 뽑아 연표나 혹은 큰 사건의 기록을 만들고, 또 《압해가승(押海家乘)》에서 뽑아 연표를 만들어서 중국 연호와 우리나라 역대 임금

들이 재위한 연수를 자세히 고찰하여 책을 만들면 나라의 일과 선
조들에 대하여 큰 줄거리를 알게 되고 시대의 선후도 구별할 수 있
을 것이다.

돌아가신 아버지께서 나에게 보내 주신 편지가 아직도 상자 속
에 보관되어 있는지 확인해 보아라. 혹시 없어질까 걱정된다. 그
중에서 자잘한 일상생활에 관한 것은 모두 **빼고**, 훈계와 기억될 만
한 말씀들을 모아서 그 연월을 맞추어 한 권의 책으로 만들어야 하
겠다. 내가 여기에 있기 때문에 직접 기록할 수 없는 것이 한스러
울 뿐이다.

예기를 읽을 때

　《사기》를 다 읽고 나면 반드시 《예기》를 읽도록 하여라. 《예기》 49편은 모두 다 읽어야 한다. 그러나 그 중에서도 단궁(檀弓), 문왕세자(文王世子), 예기(禮器), 내칙(內則), 명당위(明堂位), 대전(大傳), 학기(學記), 악기(樂記), 제법(祭法), 제의(祭義), 애공문(哀公問)으로부터 방기(坊記), 표기(表記), 치의(緇衣), 문상(問喪), 삼년문(三年問), 유행(儒行), 관의(冠儀) 이하 7편까지는 모두 읽을 만하다. 이것을 모두 읽고서는 다시 곡례(曲禮) 등 읽지 않은 것을 모아서 그 의리(義理)를 자세히 연구하고, 그 특징을 자세히 분석해서 읽은 다음 처음부터 다시 시작해 자세히 이해하고 앞뒤를 꿰뚫어 읽는다면 《예기》 한 책을 유감없이 읽었다고 할 수가 있다.

제2부
아버지의 교훈

부모 형제를 배반한 사람은 친구로 사귀지 말아라

마음과 행실을 바르게 닦고 수양하는 것은 부모에 효도하고 형제들과 우애롭게 지내는 것을 근본으로 삼아야 한다. 이 점에 자기의 본분을 다하지 않는다면 비록 학식이 높고 문장이 아름답다 하더라도, 이는 바로 흙담에다 색칠한 것이나 다름없다.

내 마음과 행실을 이미 올바르게 닦았다면 친구를 사귀어도 자연히 단정한 사람일 것이다. 사람은 서로 비슷한 사람끼리 모이게 되는 것이므로 친구를 사귀는 일에 결코 특별한 힘을 기울이지 않아도 된다.

이 늙은 아비가 세상살이를 오래 경험해 보았고, 일찍이 어렵고 험난한 일을 두루 겪었기 때문에 세상 사람들의 마음을 많이 알고 있다. 무릇 부모 형제간에 마땅히 지켜야 할 도리인 천륜에 야박한 사람은 가까이 해서도 안 되고 믿어서도 안 된다. 그가 비록 충성을 다하며 부지런하고 열심히 온 정성을 다하여 나를 섬기더라도 절대로 가까이 해서는 안 된다. 왜냐하면 처음에는 아주 잘 대하다가도 나중에는 은혜를 배반하고 의리를 저버리고 매몰차게 돌아서기 때문이다.

이 세상에서 깊은 은혜와 두터운 의리로는 부모 형제보다 더한 것이 없는데, 부모 형제를 그처럼 가볍게 배반하고 있는 사람이라면 더구나 친구에 대해서는 오죽하겠느냐. 이것은 쉽게 알 수 있는 이치이다. 너는 절대로 이 점을 기억하여 모든 불효자를 가까이하지 말고, 형제끼리 깊이 사랑하지 않는 자와도 가까이 해서는 안 된다.

사람을 알아보려면 먼저 그의 가정에서의 행실을 살펴보아야 한다. 만약 그의 옳지 못한 점을 발견하면, 즉시 자신에게 비춰보아 자기에게도 그러한 잘못이 있을까 두려워하는 마음으로 그렇게 하지 않도록 최선의 노력을 다해야 한다.

옛날에 아버지께서 남거(南居) 한공(韓公)이란 분과 유별나게 서로 친하게 지내셨는데 이는 그분이 효자이셨기 때문이었다. 또 우리 할아버지와 사곡(沙谷) 윤정자공(尹正字公)께서도 유별나게 서로 친하게 지내셨는데 이 역시 그분이 효자이셨기 때문이다. 그래서 대대로 가문의 명예를 보전하며 아름다운 명성을 잃지 않았는데, 나의 대에 이르러서는 친구를 올바르게 사귀지 못하여 나를 해치려는 자들이 대부분 옛날 나와 친하게 사귀던 사람들이라는 것을 알게 되었고, 그래서 지금은 어떤 사람을 친구로 사귀어야 되는지를 깨달은 것이다.

사랑받기보다는 **존경받는 사람**이 되어라

　나는 벼슬에 오르기 전 선비일 때부터 어진 임금으로부터 인정을 받았고, 벼슬길에 오른 뒤에는 더욱 깊은 총애를 받아 최선을 다해 임금을 보필하였다. 그러나 임금의 뜻을 받들어 모신 것을 다른 사람들은 알 수야 없었겠지만, 나라를 위한 책략들이 역사책에 실리지도, 정이(鼎彝)에 새겨지지도 못한 것은 무엇 때문일까?

　　• 정이는 공적이 있는 사람의 사적을 새겨 종묘에 갖추어 놓은 솥과 술잔.

옛 철인들은 이렇게 말하였다.

"그 위치에 있지 않고서는 그 정사(政事)를 도모하지 않는다."

《역경》에는 또 다음과 같이 씌어있다.

"군자는 생각하는 바가 그 위치에서 벗어나지 않는다."

나는 그때만 해도 나이가 젊고 식견이 짧아서 이러한 의미를 알지 못했었으니 이 얼마나 슬픈 일이냐! 이제 뉘우친들 무슨 소용이 있겠는가.

임금을 섬기는 도리란 임금에게 존경받는 사람이 되어야 하지 임금에게 사랑받는 사람이 되어서는 안 되며, 임금에게 신임을 받는 사람이 되어야 하지 임금이 좋아하는 사람이 되어서는 안 된다. 아침저녁으로 임금을 가까이 모시고 있는 사람은 임금이 존경하는 사람이 아니며, 글과 시를 잘 읊는 사람이라고 임금이 존경하는 것이 아니며, 글씨를 민첩하게 쓰는 사람이라고 임금이 존경하는 것도 아니며, 임금의 얼굴 표정을 살피며 비위를 잘 맞추는 사람도 임금이 존경하지 않으며, 관직을 자꾸 버리려는 사람 역시 임금이 존경하지 않으며, 범접할 수 없는 위엄과 예의를 갖추지 않은 사람도 임금이 존경하지 않으며, 주변 권력자들에게 도움을 받으려는 사람 역시 임금은 존경하지 않는다.

또 임금과 신하가 모이는 연회석상에서 주고받는 말이 온화해도, 경우에 따라 일을 처리할 때에 비밀스레 부탁해도, 마음과 몸을 의탁하여 보좌 역할을 다 맡기면서 서찰이 연이어지고 하사품이 아무리 잦아도 모두가 임금의 은총이라고 믿어서도 안 되는 것이다. 뭇사람들이 시기하여 재해가 몸에 미칠 뿐만 아니라, 임금의 은총과는 반대로 한 품계나 반 등급도 승진이 안 되는 것은 무엇 때문일까? 그것은 임금도 역시 쓸데없는 오해를 받고 싶지 않기 때문이다. 그러므로 임금이 애첩처럼 다루고 종처럼 일을 시켜 수고로운 일만 도맡아 할 뿐 그런 사람이 재상으로 등용되기는 쉽지 않은 것이다.

무릇 초야(草野)에서 갓 발탁된 덕행이 높고 학문이 뛰어난 선비가 가장 좋은 것이니, 이때에 임금은 그가 어떤 인품임을 잘 알지 못하므로 그가 올린 글이 정책에 비판적이고 성실하고 강직하고 개혁적이라도 해를 입지 않게 되는 것이다. 미사여구로 문장이나 꾸미는 얄팍한 기교는 비록 한 시대에 널리 알려진다 하더라도 배우가 무대에 올라 우스갯짓을 하는 것과 같을 뿐이다.

남의 허물을 지적할 때는 **공정한 마음**으로 하라

　미관말직에 있을 때에는 온 정성을 다하여 부지런히 맡은 일에 힘을 쏟고, 임금의 잘못을 간(諫)하고 백관(百官)의 비행을 규탄하는 벼슬인 언관(言官)의 지위에 있을 때에는 모름지기 항상 곧고 바른 의견을 올려서 위로는 임금의 과실을 지적하고, 아래로는 백성들의 고통을 알아야 한다. 때로는 못된 사악한 관리를 찾아내어 제거하되 반드시 지극히 공정한 마음으로 해야 하며, 남의 잘못을 지적할 때에는 탐욕스럽고 비루하며 음탕하고 사치스러운 것만을 지적해야지 의리에 치우쳐 자기와 뜻이 같은 사람이면 편을 들고 자기와 뜻이 다른 사람이면 공격해서 함정으로 몰아넣어서는 안 된다.

　벼슬에서 해임되면 그날로 고향에 돌아가야 하고, 아무리 친한 친구나 동지가 간절히 만류하더라도 듣지 말아야 한다. 그리고 집에 있을 때에는 책도 읽고 예도 익히면서 틈틈이 꽃과 채소를 가꾸기도 하고, 샘물을 끌어다 연못도 만들고, 돌을 쌓아 동산도 만들며 지내면 된다. 그렇게 지내다가 혹 군(郡)이나 현(縣)의 수령으로 나가게 되면 자애롭고 어질며 청렴결백하게 다스려 아전과 백성들 모두가 편안하도록 하며, 혹 나라에서 큰일을 당하게 되면 쉽고 어려운 일을 가리지 말고 죽음을 무릅쓰고 절개를 지켜 최선을 다해야 된다. 이와 같이 하면 임금이 어찌 존경하지 않을 수 있겠으며, 이미 존경한다면 어찌 신뢰하지 않겠느냐?

중국 춘추시대 관중의 도움으로 패자(覇者)가 된 제(齊)나라 임금인 환공(桓公)과 관중(管仲)의 관계나 한(漢)나라 소열황제(유비)가 제갈공명에게 대한 경우는 마땅히 지켜야 할 그 도리가 지금의 경우와 다르지만 그들은 천고(千古)에 몇 사람일 뿐이다. 모든 사람이 누구나 다 그렇게 좋은 때를 당하여 만난다는 것이 가능하겠느냐?

나라를 위하여 공을 세운 공신이나 임금의 외척 자제들은 내부적으로는 폐부처럼 결탁되고 한집안의 아버지와 아들처럼 되어 있어 어쩔 수 없이 가까이서 모셔야 되는데 이는 참으로 신하로서는 불행한 만남이다. 너는 그렇게되기를 원하느냐?

(1810년, 처서날, 다산 49세, 동암에서)

나의 저서를 읽고 **후세에 전하거라**

나는 일찍이 조괄(趙括)이란 사람을 어버이의 덕망이나 유업을 이어받지 못한 자식은 아니라고 생각하고 있다.

> • 조괄은 중국 전국시대 조나라의 장수. 병법에 능통한 아버지 조사(趙奢)가 지은 병법서를 읽고 후세에 전했다. 그러나 실제 전장에서는 대패해 45만 대군을 잃고 패했다.

조괄은 아버지의 저서를 읽고 후세에 전했으니 훌륭한 아들이 아니겠느냐? 나는 나라의 은혜를 입어 실낱같은 목숨을 보전하며 여러 해를 궁색하게 살아오면서 저술한 책이 제법 많다. 그러나 한 스러운 것은 너희들이 내 곁에 있지 않아 미묘한 말의 뜻을 전해 듣지 못했고, 글의 뜻을 깨달아 아는 것이 부족한 관계로 학문에 취미를 느끼지 못한다는 점이다. 한두 가지를 어렵게 말해 주어도 바로 잊어먹으니 마치 진(秦)나라 효공이 제왕의 도리를 듣는 것과 같다면 무슨 의미가 있겠느냐? 내 아들이 이 모양이니 천년이고 언제까지고 상자에 가득 쌓인 장서가 후세에 참으로 나를 알아 줄 수 있는 사람을 만날 때까지 기다릴 수 있겠느냐?

> • 상앙(商鞅)이 처음 진나라 효공을 만났을 때에 왕도(王道)에 대하여 아무리 이야기해도 흥미를 느끼지 못했던 것을 가리킨다. 아무리 말해도 알아듣지 못한다는 뜻으로 사기(史記) 《상군열전(商君列傳)》에 나오는 말이다.

내가 죽은 뒤에 아무리 정결한 마음으로 풍성한 음식과 안주를 차려놓고 제사를 지내준다 하여도, 내가 흠향(歆饗)하고 기뻐하는 것은 내 책 한편을 읽어주고 내 책 한 장을 베껴주는 일보다는 못하게 여길 것이니, 너희들은 그 점을 기억해 두어라.

> • 흠향은 신명이 제물을 받아먹는다는 뜻.

《주역사전(周易四箋)》은 바로 내가 하늘의 도움을 받아 쓴 책으로, 절대로 사람의 힘으로 밝혀낼 수도 없고 사람의 지혜나 생각만으로도 이룰 수 있는 것이 아니다. 이 책에 온 정신을 집중하여 오묘한 뜻을 모두 밝혀낼 수 있는 사람이 자손이나 친구 중에 한 사람이라도 나온다면, 그를 남보다 몇 배 이상 애지중지할 것이다.

> • 《주역사전》은 주자의 《주역본의(周易本義)》에 근거를 두고 주역사법 (周易四法)을 풀이한 책. 필사본, 24권 12책. 1808년(순조 8) 간행. 규장각 도서. 1804년(순조 4) 《주역》에 주석을 달아 갑자본(甲子本)을 지

었으며, 1805년 갑자본의 미흡한 점을 보완, 을축본(乙丑本)을 지었고, 1806년 병인본(丙寅本)을 펴냈다. 이어 1807년 이학래(李鶴來)에게 병인본의 궐오(闕誤)를 바로잡게 하여 정묘본(丁卯本)을, 1808년 다시 정묘본의 정밀치 못한 사리(詞理)와 그릇된 상의(象義)를 바로잡아 무진본(戊辰本)을 완성시켰다.

《상례사전(喪禮四箋)》은 바로 내가 성인(聖人)의 말씀을 굳게 믿고 지은 책으로 나로서는 엉터리 학문이 광란의 물결처럼 흐르는 것을 잠재우고 공자 맹자의 참된 근원으로 돌아가게 한 책이라고 생각하고 있다. 정밀하게 생각하고 관찰하여 그 오묘한 뜻을 터득하는 사람이 있다면 그야말로 뼈에 살을 붙이고 죽은 생명을 살려준 은혜와 같아 천금을 받지 않더라도 받은 것처럼 감지덕지하겠다. 이 두 가지 책만 후세에 전할 수 있다면 나머지 것들은 폐기한다 하더라도 괜찮겠다.

나는 임술년(1802년, 순조 2) 봄부터 줄곧 책을 쓰는 일에만 몰두하여 붓과 벼루만을 곁에다 두고 아침부터 저녁까지 쉬지 않고 써왔다. 그 결과로 왼쪽 어깨에 마비증세가 나타나 마침내 폐인의 지경에 이르고, 시력이 너무 나빠져서 오직 안경에만 의지하게 되었는데, 이렇게까지 한 것은 무엇 때문이었겠느냐? 너희들과 조카 학초(學樵)가 책을 전술(傳述)하여 명맥을 이어갈 것으로 여겼는데, 지금 학초는 불행히도 명이 짧았고, 너희들은 집안 세력이 줄어들고 보잘것없어져 친근한 사람도 없는 데다 성격조차도 경전을 좋아하지 않고 오직 요즘 세상의 시율이나 조금 알아보는 형편이니, 《주역》

과 《상례》두 책이 결국 명맥이 끊어져 빛을 보지 못할 지경에 이를까 참으로 두렵구나.

《시경강의(詩經講義)》팔백조는 내가 정조 임금으로부터 칭찬과 인정을 가장 많이 받은 저술로서 임금의 평이 대단하였고 조목마다 임금이 머리글자를 달아주셨다. 그 당시 반대파들로 인해 임금 가까이 다가가지 못했는데, 문필에 관한 일을 맡아보는 교리(校理) 이명연(李明淵)이 입으로 전해준 1조목만으로도 이미 깜짝 놀랄 만큼 분에 넘치는 칭찬이었다. 그러나 내가 대답한 것 중에 평범하여 발췌할 필요가 없는 것은 생략하거나 정리해서 내 저술 전집의 첫머리에 실어 우리 정조 임금의 평을 서문이 되도록 하는 것이 나의 뜻이다.

나는 원래 시율을 좋아하지 않아 신유년(1801년, 순조 1) 이전의 것은 대부분 남의 시에 화답하거나 청탁을 뿌리치지 못해 어쩔 수 없이 지은 것이었다. 간혹 흥취가 일어나 한가롭게 읊조린 것도 있기는 하나 전혀 마음먹고 힘들여 지은 것들이 아니다. 유배되면서부터 지은 것들은 괴롭고 고통스러움을 토로한 시가 없지 않았다. 그러나 나는 평소에 중국 당나라 문장가 유자후(柳子厚)의 유배 시기의 글들이 처량하고 구슬픈 언어가 대부분인 것을 수치스럽게 여기던 터라, 결국 그런 고통스러움을 토로하는 시는 짓지 않았다.

오랜 세월 귀양살이를 하다보니 어려움에 처해 있어도 편안한 생활처럼 여겨져서, 어떤 때는 산에도 오르고 물가에도 나가 회포가 확 트이면 그 감정을 담아 시를 짓기도 하였는데 그 문장과 뜻이 호탕한 편이었다. 그러나 나의 최고의 즐거움은 경전에 있었기에 끝내 시의 퇴고에 유념하지 않아서 문집 속에 실은 여러 시들 대부분이 마음에 드는 게 없다. 나를 위하여 보잘것없는 시들은 버리고 아름답고 빼어난 것들만 남겨주는 사람이 있다면, 그 사람이야말로 나를 알아주는 사람이다.

명나라 모원의(茅元儀)가 지은 《무비지(武備志)》는 내용이 완벽하지는 못하다.

그러나 우리나라에는 아직 이러한 편저도 없으니, 그 책의 내용을 모방하여 별도로 우리나라의 국방에 활용할 책을 만들고 싶어서 평소에 그 뜻을 가슴에 두고 있었다. 그러나 유배 온 이래로 서적을 구하지 못하여 끝내 손을 대지 못했으니 너희들이 나의 뜻을 알았다면 반드시 중요한 내용을 모아 편집해 놓도록 하여라. 다행히 내가 살아서 고향으로 돌아간다면 감수하여 뺄 것은 빼고 첨가할 것은 첨가하여 윤색할 수 있을 것이다. 지리에 관한 여러 내용은 대략 가닥을 잡아 놓았으니 너희들에게 그다지 수고를 끼치지 않아도 될 것이다.

명, 청나라 시대 이래로 사서오경을 연구하는 학문인 경학은 여러 갈래로 세분화 되어 각각 여러 종류의 책이 나와 빠뜨린 연구 분야가 거의 없다. 그러나 《주역》과 《예기》 두 책은 아직도 황무지와 같아 개척해야할 부분이 많이 있으니, 하늘은 총명한 사람을 아끼어 어느 한 사람에게만 명예가 돌아가도록 하려 하지 않는다는 것을 알 수 있다.

상례(喪禮)는 비록 자세히 정리하였으나 왕조례(王朝禮)에 대해서는 아직 논술한 저서를 내지 못했고, 더구나 길례(吉禮)·가례(嘉禮)·군례(軍禮)·빈례(賓禮) 등의 분야는 아직도 많이 남아 있으니, 이것이 이른바 나머지 다 받지 못한 복을 남겨두고 자손들에게 넘겨준다는 것이 아니겠느냐?

왕조상례(王朝喪禮)는 좀더 보충하여 편찬한 책인데 대략 의거한 것이 있다. 바로 정승 김재로(金在魯)가 조정에 헌의했던 여러 주장인데, 모두 예경을 깊이 연구한 것으로 공자와 맹자의 옛 뜻에 위배되지 않으니 이것을 또한 알지 않으면 안 된다.

> • 김재로(1682~1759)는 조선 후기의 문신. 아버지는 우의정을 지냈다. 1702년(숙종 28) 진사가 되고, 1710년 춘당대문과에 을과로 급제하여 지평(持平)·수찬(修撰) 등을 역임하였다.

그리고 중국 청나라의 학자 모대가(毛大可)는 전혀 예(禮)를 알지 못하는 사람이다. 내가 전에 글을 지어 논리적으로 반론을 제기하고 싶었으나, 그걸 이루 다 지적할 수도 없어서 그만두었다.

대체로 책을 쓸 때는 경서(經書)를 으뜸으로 삼아야 하고 그 다음은 세상을 다스리고 백성을 구제하는 학문이어야 하며, 국경을 지키고 성을 쌓는 기구를 만들어 외침을 막아낼 수 있는 분야의 것들도 소홀히 해서는 안 된다. 자질구레한 이야기들로 구차하게 한때의 괴상한 웃음이나 자아내게 하는 책이라든지, 진부하고 새롭지 못한 이야기나 지루하고 쓸데없는 논쟁 같은 것들은 다만 종이와 먹만 허비할 뿐이니, 좋은 과일 나무를 심고 좋은 채소를 가꾸어 생전의 살 도리나 넉넉하게 하는 것만 못할 것이다.

(1808년, 다산 47세)

시에는 기(氣)와 맥(脈)이 있어야 한다

번옹(樊翁) 채제공(蔡濟恭)은 시에 있어서 시인의 기상, 즉 타고난 기개나 마음씨를 매우 중요하게 따졌다. 내가 중국 명나라 학자 유 성의(劉誠意)의 시를 읽을 때마다 기상이 처량하여 힘들고 고생스러 운 세상살이를 느꼈고, 당나라 시인 소릉(少陵) 시는 대부분 화려하 고 부귀한 시어로 되어 있으나, 끝내는 호남성 뇌양(耒陽)에서 궁핍 하게 살다 갔으니 반드시 시와 시인의 기상이 관계가 있다고 말할 수는 없다.

• 소릉은 당나라 시인 두보(杜甫)의 호.

근래에 내가 상자 속의 옛 시고(詩稿)들을 점검해 보니, 귀양살이 하기 이전에는 금마옥당(金馬玉堂) 사이를 훨훨 드나들던 때였는데도 그때 지은 시편들은 대개가 처량하고 괴롭고 우울한 내용이었고, 장기에서 유배생활을 하던 때에 지은 시들은 더욱 우울하고 슬픈 기상이었으며, 강진에 귀양 온 이후의 작품들에 이르러서는 대부분 활달하며 확 트인 시어들로 되어 있었다. 생각해보건대 어려움이 앞에 닥쳐올 때에는 이렇게 활달한 기상을 지닐 수 없었지만, 일단 재난을 당하고 난 다음에는 아마도 재난에 대한 걱정이 없어져서 그런 것이 아니겠는가? 선배의 말을 가볍게 들어서는 안 되겠지만 그러나 전적으로 기상의 화려함만 취하여 시를 짓는다면 시의 격식이나 품격을 이룰 수 없다. 무릇 시에는 정신이 깃들고 기(氣)와 맥(脈)이 있어야 하는 것이다. 만약 황량하고 산만하기만 하여 맺고 끊는 묘미가 없는 시는 그 사람의 빈궁과 영달을 떠나 수명도 길지 못하니, 이 점은 내가 여러 차례 경험한 것들이다.

《시경》에 있는 3백 편의 시는 모두 성현들이 실의에 빠져 시대를 걱정한 작품들이다. 그러므로 시에는 반드시 감동이나 느낌이 마음 깊은 곳에서 배어 나오는 내용이 있어야 한다. 그러나 절대로 미묘하고 완곡하게 표현을 해야지 얄팍하게 드러나도록 해서는 안 된다.

일곱 글자로 지은 칠언고시(七言古詩)에 율조를 지닌 시가 가장 많다. 대체로 평성(平聲), 입성(入聲), 상성(上聲), 거성(去聲)을 고루 섞어서 운을 맞추어야 하지 평성으로 평성을 잇고 입성으로 입성을 잇는 경우는 절대로 없는 것이다. 우리나라 사람은 아직 이 점을 알지 못한다. 만약 각운(脚韻)을 평성으로 했다면 대구(對句)는 반드시 측성을 사용해야지, 평성으로 평성을 대하는 시는 없는 것이다. 또 당나라 시인 노조린(盧照隣)의 《장안고의(長安古意)》와 같은 시는 글자마다 율을 맞추고 사구(四句)마다 각각 한 장으로 만들어서 절구(絶句)처럼 하였는데, 이것이 이른바 '연환율법(連環律法)'이라는 것이다. 시 한 편 전체에 단지 하나의 운만 사용하는 것은 율법에 없다.

• 노조린(637?~689?)은 중국 당나라 초기의 시인. 왕발(王勃) · 양형(楊炯) · 낙빈왕(駱賓王)과 함께 당나라 초기 4걸(傑)의 한 사람으로 꼽히는 시인으로, 《당시선(唐詩選)》에 있는 장대한 칠언가행(七言歌行) 《장안고의(長安古意)》가 특히 유명하다. 시문집으로 《유우자집(幽憂子集)》(7권)이 있다.

침울돈좌(沈鬱頓坐), 연영한원(淵永閒遠), 창경기굴(蒼勁奇崛), 이 12 글자는 시 짓는 사람의 근본이지만, 욕려농연(縟麗濃妍)도 소홀히 해서는 안 된다.

(1808년 여름)

부모 형제와 **화목하게** 지내라

　부모에 대한 효도와 형제에 대한 우애를 이르는 효제(孝悌)는 유교의 도덕 이념을 행하는 근본이다. 그러나 부모를 사랑하고 형제끼리 우애하는 사람은 세상에 많이 있으니 그것만으로는 내세울만한 행실이라고 할 수 없다. 다만 큰아버지, 작은아버지는 형제의 아들을 자기 아들과 같이 여기고, 형제의 아들들은 큰아버지, 작은아버지를 친아버지처럼 여기며, 사촌 형제끼리 친형제처럼 서로 사랑하여, 집에 찾아온 다른 사람이 하루를 보내고 열흘을 넘겨도 끝내 누가 누구의 아버지가 되며, 누가 누구의 아들이 되는지를 알 수 없을 정도가 되어야만 사대부(士大夫)의 집안을 지켜나갈 수 있는 기상이라 할 수 있다.

　사람 사는 집안이 한창 부귀영화를 누릴 때에는 부자 형제간에 서로 의지하고 사랑하며 합심해 살기 때문에 사소한 원망이 있더라도 참고 다투지를 않는다. 그래서 넉넉할 때는 집안이 화목하게 지낸다. 그러나 만약 모두가 살기가 어려우면 곡식 한 두 말, 포목 몇 자를 가지고 따지고 다투면서 욕설도 서로 하게 되는데, 이렇게 서로 업신여기며 다투는 것이 점점 심해지면 끝내는 원수처럼 되고 만다. 이러한 때를 당하여서는 도량이 넓은 남자가 아리땁고 지혜로운 부인을 감동시켜 산 속의 연못 같은 도량을 넓혀 주고, 태양처럼 밝은 마음을 갖게 하여 여자의 도리를 지키게 해야 한다. 그래서 부인이 어린아이처럼, 창자가 없는 것처럼, 뼈 없는 벌레처럼, 아무런 욕심 없이 나라를 잘 다스렸다는 옛날 중국의 제왕 갈천씨(葛天氏)의 백성처럼, 마음을 가라앉히고 선정(禪定)에 들어간 승려처럼, 저쪽에서 돌을 던지면 이쪽에서는 옥돌로 보답하고,

• 갈천씨의 백성이란 아무 욕심이 없는 천진한 사람을 말한다. 갈천은 중국 상고시대의 전설상의 제왕으로 이상적 정치를 실현한 성군(聖君)으로 추앙되고 있다.

저쪽에서 칼을 가지고 나오면 이쪽에서는 단술로 대접해 주게 해야 한다. 그렇게 하지 않는다면 서로 눈을 흘겨보며 성내고 다투다가 죽이기까지 하는 등 결국 집안을 망치고야 말 것이다. 그러니 너희들은 반드시 이러한 뜻을 잘 알아서 날마다 《소학(小學)》외편(外篇)에 있는 가언(嘉言), 선행(善行)을 읽어 하나하나 본받고 가슴 깊이 정성껏 간직하여 잊지 말고 실천해 가도록 하여라. 그렇게 오래 하다보면 모두 감동하고 기뻐해서 저절로 화목한 가정이 이루어질

것이다. 설령 불행히도 감동시키게까지는 되지 않는다 하더라도,
친척이나 살고 있는 고을에서 자연히 소문이 나고 인정을 받게 되
어 다함께 오랑캐 풍속으로 돌아가는 지경에는 이르지 않고 가문
을 보존할 수 있을 것이다.

도시에서 멀리 떠나 살지 말아라

중국은 문명이 발달되어 궁벽한 시골이나 먼 산구석의 마을에 살더라도 성인(聖人)도 될 수 있고 현인(賢人)도 될 수 있다. 그러나 우리나라는 그렇지 못하여 도성(都城)의 문에서 몇 십 리만 벗어나도 태고의 원시 사회가 되어 있으니, 더구나 멀고 먼 외딴 곳이야 말할 바 있겠느냐?

무릇 사대부 집안의 법도는 벼슬길에 올랐을 때에는 빨리 높직한 산언덕에 셋집을 내어 살면서 선비로서의 본색을 잃지 말아야 하고, 만약 벼슬에서 물러나게 되면 빨리 서울 가까이에 살 자리를 정하여 문화의 안목을 떨어뜨리지 않도록 해야 한다.

지금은 내 이름이 죄인의 명부에 올라 있으므로 너희들에게 우선은 시골집에서 은둔해 지내도록 하였다만, 훗날의 계획은 반드시 서울의 십 리 안에서 거처하는 것이다. 만약 가세가 쇠락하여

도성 안으로 들어가 살 수 없다면 잠시 근교에 머무르며 과수를 심고 채소를 가꾸어 생계를 유지하다가, 재산이 좀 넉넉해지기를 기다려 도심으로 들어가더라도 늦지는 않을 것이다.

화(禍)와 복(福)의 이치에 대하여는 옛날 사람들도 오래도록 의심해 왔다. 충(忠)과 효(孝)를 행한 사람이라 하여 반드시 화를 면하는 것도 아니고, 음란하고 방탕한 자라 하여 반드시 박복한 것도 아니다. 그러나 선을 행하는 것이 복을 받는 도가 되므로 군자는 부지런히 선을 행할 뿐이다.

옛날부터 화를 당한 집안의 자손들은 반드시 놀란 새가 높이 날고, 놀란 짐승이 멀리 도망가듯이 더 멀고 더 깊은 곳으로 들어가려고만 하였는데, 이렇게 하면 결국 노루나 토끼처럼 되어버리고 만다.

대체로 부귀한 집안의 자식들은 재난이 코앞에 닥쳤는데도 아무런 걱정이 없는 반면에, 몰락하여 버림받은 집안의 가족들은 태평한 세상인데도 언제나 걱정이 있는 것처럼 말을 한다. 이것은 그들이 그늘진 벼랑이나 깊숙한 골짜기에서 살다보니 햇볕을 보지 못하고, 함께 지내는 사람들도 모두가 버림받고 벼슬길이 막혀 남을 원망하고 지내는 부류들이기 때문이다. 그러므로 듣는 것이라고는 모두 사리에 어둡고 허황되고 비뚤어지고 비루한 이야기들뿐이니 이것이 바로 영원히 가버리고 돌아오지 않게 되는 이유이다.

진실로 너희들에게 바라노니, 항상 마음을 평화롭게 가지면서 벼슬에 오른 사람들과 다름없이 행동하여라. 그리하여 아들이나 손자 세대에 가서는 과거에도 마음을 두고 경제에도 관심을 가질 수 있도록 해야 한다. 하늘의 이치는 돌고 도는 것이라서, 한번 쓰러졌다 하여 결코 일어나지 못하는 것은 아니다. 만약 하루아침의 분노를 견디지 못하고 서둘러 먼 시골로 이사를 가 버리는 사람은 천한 무지렁이로 끝나고 말 것이다.

(1810년 초가을 동암에서)

책을 읽고 쓸 때는 몸가짐을 바르게 하라

중국 전한(前漢) 말의 학자 유향(劉向)은 흠(歆)을 아들로 두었고,
두업(杜鄴)은 임(林)을, 양보(楊寶)는 진(震)을, 환영(桓榮)은 전(典)을 아
들로 두었었으니 훌륭한 아들이 자기 아버지의 책을 읽을 수 있었
던 사람들이 많기도 했었다.

> • 유향은 중국 전한(前漢) 말의 학자. 주요저서로는 《홍범오행전론》,
> 《설원(說苑)》, 《신서(新序)》, 《열녀전(烈女傳)》, 《전국책(戰國策)》과, 궁
> 중도서를 정리할 때 지은 《별록(別錄)》이 있다. 아들 흠(歆)은 이 책을
> 이용하여 《칠략(七略)》을 저술하였다.
> • 두업은 중국 한나라 때, 양보, 환영은 중국 후한(後漢) 때 학자이고,
> 양웅은 전한(前漢) 때의 유학자.

너희들에게 바라는 것은 마음을 가다듬고 나의 저서 연구에 몰
두해서 심오한 이치를 깨달을 수 있다면 내가 비록 궁색하게 살더

라도 걱정이 없겠다.

군자(君子)가 책을 지어 세상에 펴냈을 때 오직 한 사람만이라도 알아준다면 다른 모든 사람들의 비난은 감수할 수 있는 것이다. 만약 나의 책을 알아주는 사람이 있다면, 그들의 나이가 많으면 너희들은 그분을 아버지로 섬기고 너희와 엇비슷한 나이라면 형제로 맺는 것도 좋을 것이다.

과거에 보면 선배들의 저술 중에서 거칠고 고루하여 볼품없는 책들이 세상 사람들의 추앙을 많이 받는가 하면, 상세하고 해박한 내용을 담은 책들은 오히려 배척을 받아 끝내는 사라져 전해지지 않는 경우도 있었다. 그 이유를 아무리 생각해 보아도 알 수 없었는데 근래에 와서야 비로소 깨달았다.

군자는 의관을 바르게 하고 앞을 똑바로 보며 입을 다물고 단정히 앉았기를 진흙으로 빚은 사람처럼 엄숙한 자세를 하고, 말할 때는 성실하고 친절하며 인정이 두텁고 분명해야 한다. 그렇게 처신한다면 뭇 사람들이 위엄에 승복할 것이며, 명성도 오래오래 널리 전해질 것이다.

만약 태만하고 경박스러우며 잡되게 우스갯말이나 하는 사람이라면, 비록 그의 저술이 심오한 이론에 들어맞더라도 남들이 신뢰하지 않아 살아있는 동안에는 그 뿌리를 내리지 못하고 죽고 나면 자연히 사라져 없어질 것인데, 이는 이치를 따져보아도 당연한 일이라 하겠다. 세상에 어리석은 사람은 많고 사물의 정당한 조리(條

理)에 정통한 사람은 적은데, 어느 누가 쉽게 알아볼 수 있는 위엄이나 행동을 버려두고 의리(義理)를 힘들게 알아보려고 하겠느냐? 높고 훌륭한 정통 학문은 알아주는 사람이 더욱 적어서 비록 중국의 주공(周公)과 공자(孔子)를 계승할 도(道)를 찾아내고, 양웅(揚雄)이나 유향의 문장을 뛰어넘는다 하더라도 알아줄 사람이 별로 없다.

그러니 너희들은 이 점을 상기해 학문을 깊이 연구하는 노력은 조금 늦추더라도 먼저 올바른 몸가짐의 공부에 힘써 거대한 산처럼 우뚝 솟은 모습으로 고요히 앉아 있는 자세를 익혀야 한다. 사람을 대하고 사물을 접하는 데 있어서도 먼저 기상을 점검해서 자기 본령을 세운 다음에 점차로 저술에 마음을 기울여야 말 한 마디, 글 한 구절이 모두 남들이 아끼고 애호하는 바가 될 것이다. 만약 자기 자신을 지나치게 경시하여 땅에 버려진 흙같이 한다면 이는 정말 모든 것이 끝나버리고 마는 것이다.

어려운 이웃에게 재물을 베풀어라

　세상의 옷과 음식의 자료나 재화, 재물은 모두 부질없는 것들이다. 옷은 입으면 해어지기 마련이고, 음식은 먹으면 썩기 마련이며, 재물은 자손에게 전해주어도 끝내는 탕진되어 없어지고 마는 것이다. 다만 한 가지, 가난한 친척이나 가난한 친구에게 나누어 주는 것만이 영구히 없어지지 않는 것이다.

　중국 춘추시대 노(魯)나라의 큰 부자인 의돈(猗頓)의 창고에 보관되었던 재물은 흔적이 없으나, 한(漢)나라 때 소부(疏傅)가 받은 황금이야기는 아직도 전해 내려오고 있다. 소부의 이름은 소광(疏廣)인데 태자의 스승을 지냈으며 나중에 황제로부터 받은 황금 수십 근을 모두 주변 어려운 사람들과 친구들에게 나누어 주었던 것이다. 진(晉)나라 때 큰 부자인 석숭(石崇)의 별장이 있던 금곡의 그 많던 비단은 한갓 티끌로 변했으나, 송(宋)나라 때 재상 범중엄(范仲淹)이 친구를 돕기 위해 보리를 실어 나르던 배 이야기가 여전히 칭송을 받으니 그 이유가 무엇이겠느냐? 형체가 있는 것은 파괴되기 쉽지만 형체가 없는 것은 없애기가 어려운 것이다.

• 범중엄(989~1052)은 중국 북송(北宋) 때의 정치가 · 학자.

　자기가 자기 재물을 사용하는 것은 형체로 사용하는 것이지만, 제 재물을 남에게 베풀어 주는 것은 정신적으로 사용하는 것이 된다. 물질적인 향락을 누리면 닳아 없어지고 파괴되는 수밖에 없지만 형체 없는 정신적인 향락을 누린다면 변하거나 없어지는 낭패를 당하지 않는 법이다. 그러므로 재화를 비밀리에 숨겨두는 방법으로는 남에게 베풀어 주는 것보다 더 좋은 방법은 없는 것이다. 도둑에게 빼앗길 염려도 없고, 불에 타 버릴 걱정도 없고, 소나 말이 운반해야 할 수고로움도 없이 자기가 죽은 뒤까지 지니고 가서 천년토록 아름다운 명성을 전할 수 있으니 세상에 이보다 더 좋은 일이 있겠느냐? 재물은 단단히 잡으려고 하면 할수록 더 미끄럽게 빠져 나가는 것이니 재물이야말로 미꾸라지 같은 것이다.

사소한 것에 **얽매이지 마라**

저녁 무렵에 숲속을 거닐다가 우연히 한 어린아이를 보았다. 그런데 그 아이가 자지러지는 소리로 울어대며 참새 뛰듯 수 없이 뛰기를, 여러 개의 송곳날에 배를 찔린 듯, 방망이로 가슴을 얻어맞은 듯, 참담하고 절박하기가 금방 죽어가는 듯한 형상을 하고 있었다. 그래서 그 까닭을 물으니 그 아이가 나무 밑에서 밤 한 톨을 주웠는데 어떤 사람이 그걸 빼앗아 갔다는 것이었다.

아아! 천하에 이 어린아이처럼 울지 않을 사람이 몇이나 있겠는가? 벼슬을 잃고 세력을 잃은 사람이나, 재물을 손해보고 돈을 잃은 사람이나, 아들을 잃고 애통해 하다 죽음에 이르게 된 사람 모두가, 사소한 사물이나 일에 얽매이지 않고 세속을 벗어난 달관의 경지에 이른 사람의 안목으로 본다면 모두가 밤 한 톨을 잃고 우는 어린아이와 비슷한 것이다.

옛 터전을 굳게 지켜라

여러 대(代)에 걸쳐 벼슬하며 잘살아 온 집안들은 모두가 훌륭한 명승지를 점유하고 있다. 미음(渼陰)의 김(金)씨, 궁촌(宮村)의 이(李)씨, 이애(梨厓)의 홍(洪)씨, 금탄(金灘)의 정(鄭)씨 등은 마치 옛날 중국의 강(江)씨, 황(黃)씨, 요(蓼)씨, 육(六)씨 등이 한수(漢水)의 동쪽을 차지하고 살았던 것처럼 살면서 그들의 살던 터전을 보존하지 못하면 나라를 잃는 것처럼 여기고 있다.

우리 집안의 마현(馬峴)도 역시 그러하니 비록 전답도 별로 없고, 물을 이용하기가 힘들고, 땔감 구하기가 불편하긴 하지만 차마 쉽게 떠날 수 없는 곳이다. 더구나 요즘 재앙을 당한 뒤가 아니겠느냐? 정말로 재간이 있다면 그런 곳에서도 집안을 일으킬 수 있겠지만 게으르고 사치스러운 습관을 고치지 않는다면 아무리 기름진 곳에 살더라도 배고픔과 추위를 면하지 못할 것이니 옛 터전을 굳게 지켜야 할 것이다.

(1810년 9월 동암에서)

• 미음, 궁촌, 금탄은 경기도 양주군에 있던 지명. 이애는 경기도 이천에 있는 지명. 마현은 현재 다산의 유적지가 보존되어 있는 경기도 양주 와부에 있는 지명.

하늘에 부끄러운 일을 하지 마라

중국 송(宋)나라 때 학자인 육자정(陸子靜, 이름은 구연(九淵))은 이렇게 말했다.

"우주 공간의 일이란 바로 자기 분수 안의 일이요, 자기 분수 안의 일은 바로 우주 공간의 일이다."

대장부라면 하루라도 이러한 생각이 없어서는 안 된다. 우리 인간의 본분이란 역시 아무렇게나 허송세월을 할 수 없는 것이다.

사대부의 마음가짐이란 넓고 쾌활하여 털끝만큼도 가린 곳이 없어야 한다. 무릇 하늘에 부끄럽고 사람에게 부끄러운 일을 조금도 범하지 않으면 자연히 마음이 넓어지고 몸이 건강해져 호연지기가 절로 나오게 되는 것이다. 만일 포목 몇 자, 동전 몇 닢 때문에 잠깐이라도 양심을 저버리는 일이 있으면 그 즉시 호연지기는 없어지는 것이다. 그러니 이것이 바로 인간다운 인간이 되느냐 안 되느냐 하는 중요한 요소가 되는 것이므로 너희들은 그렇게 되지 않도록 절대로 주의하여라.

다음으로는 말을 조심하지 않으면 안 된다. 전체가 모두 완전하더라도 한 군데라도 새면 이는 바로 깨진 옹기그릇일 뿐이요, 백 마디가 모두 신뢰할 만하더라도 한 마디라도 거짓이 있다면 이건 바로 도깨비장난 같은 짓에 지나지 않는 것이니 너희들은 절대로 조심해야 한다. 말을 과장하여 떠벌리는 사람은 세상 사람들이 믿어주지 않는 법이니 가난하고 천한 사람일수록 더욱 말을 참아야 한다.

우리 집안은 선조 대대로부터 당파에 관계하지 않았다. 더구나 내가 곤경에 처한 때부터는 괴롭게도 옛 친구들까지 나를 연못에 밀어 넣고 돌을 던지기도 하니, 너희들은 내 말을 명심하고 당파에 대한 관심은 깨끗이 씻어버려야 한다.

하늘은 **게으른 사람**을 미워한다

　큰 흉년이 들어 굶어 죽은 백성들이 수만 명이나 되므로 하늘을 의심하는 사람도 있으나, 내가 굶어 죽은 사람들을 살펴보니 대체로 모두 게으른 사람들이었다. 하늘은 게으른 자를 미워하여 벌을 내리는 것이다.

　나는 전원(田園)을 너희들에게 남겨줄 수 있을 만한 벼슬은 하지 않았다만, 삶을 넉넉히 하고 가난을 구제할 수 있는 부적같이 여길 만한 두 글자가 있어서 이제 너희들에게 주겠으니 소홀히 여기지 말거라. 한 글자는 '근(勤)'이요 또 한 글자는 '검(儉)'이다. 이 두 글자는 좋은 전답이나 비옥한 토지보다도 나은 것이니 일생 동안 가지고 써도 다 쓰지 못할 것이다.

　그러면 '근'이란 무얼 말하는가? 오늘 할 수 있는 일을 내일로 미루지 말며, 아침에 할 수 있는 일을 저녁때까지 미루지 말며, 맑은 날에 해야 할 일을 비오는 날까지 미루지 말며, 비오는 날에 해야 할 일을 날이 갤 때까지 미뤄서도 안 된다.

노인은 앉아서 감독할 일이 있고, 어린이는 다니면서 어른이 시키는 일을 하고, 젊은이는 힘든 일을 맡아 하고, 아픈 사람은 지키는 일을 하며, 아낙네는 밤 1시가 되기 전엔 잠자리에 들지 않아야 한다. 이렇게 집안의 상하 남녀가 한 사람도 놀고먹는 식구가 없게 하고, 한 순간도 한가한 시간이 없도록 하는 것을 근이라고 한다.

'검'이란 무엇인가? 의복은 몸을 가리기 위한 것일 뿐이니, 고운 베로 만든 옷은 해지기만 하면 세상에 더없이 볼품없어지고 만다. 그러나 거친 베로 만든 옷은 비록 해진다 해도 볼품없진 않다. 옷 한 벌을 만들 때마다 반드시 오래도록 입을 수 있느냐를 따져 생각해야 하는데, 만약 그렇게 하지 않고 고운 베로 만든다면 곧 해지고 말 것이다. 생각이 여기에 미치면 고운 베를 버리고 거친 베로 만들지 않을 사람이 없을 것이다.

음식이란 생명만 연장하면 된다. 모든 맛있는 횟감이나 생선도 입 안으로 들어가기만 하면 더러운 물건이 되어버린다. 그래서 그것이 목구멍으로 채 넘어가기도 전에 남들은 더럽다고 침을 뱉는 것이다.

사람이 세상에 살면서 귀히 여기는 것은 성실한 것이니 조금도 속임이 없어야 한다. 하늘을 속이는 것이 가장 나쁘고, 임금을 속이고 어버이를 속이는 데서부터 농부가 농부를 속이고 상인이 상인을 속이는 데 이르기까지 모두 죄악에 빠지는 것이다. 오직 속일 게 하나 있으니 바로 자신의 입이다. 아무리 보잘것없는 음식물이라도 맛있다고 속여 잠깐 그대로 지나면 되니 이는 괜찮은 방법이다.

금년 여름에 내가 다산에 있을 때 상추로 쌈을 싸서 먹으니까 옆에 손님이 이렇게 물었다.

"쌈을 싸서 먹는 게 절여서 먹는 것과 차이가 있습니까?"

그래서 나는 이렇게 대답했다.

"이건 나의 입을 속이는 것입니다."

어떤 음식을 먹을 때마다 반드시 이런 생각을 하고 먹어라. 화장실에 가서 일을 보기 위해 힘들여 음식을 먹고 애쓸 필요가 있겠느냐? 이러한 생각은 당장의 곤궁한 처지에 대처하는 방법이 될 뿐만 아니라, 비록 귀하고 부유함이 최고에 다다른 사군자일지라도 집안을 다스리고 몸을 바르게 하는 방법으로 이 '근'과 '검' 두 글자를 절대로 빼놓을 수 없으니 너희들은 반드시 가슴 깊이 새겨두도록 하라.

(1810년 9월에 동암에서)

친구는 영원한 것이다

중국 당나라 때 시인 두보(杜甫)가 이곳저곳으로 떠돌며 곤궁하게 지낼 때에, 옛 친구들 왕사례(王思禮), 이광필(李光弼), 엄무(嚴武), 여양왕진(汝陽王璡), 이옹(李邕), 소원명(蘇源明), 정건(鄭虔), 장구령(張九齡) 등 여덟 명을 그리워하며 팔애시(八哀詩)를 지어 쓰라리고 슬픈 감정을 읊었는데, 천년 뒤에 그 시를 읽어보아도 읽는 이에게 처량하고 쓰라린 감흥을 일으켜준다. 친구들 중에는 명성과 지위가 뛰어나고 재주가 특출한 사람도 있었는데 모두 이 시에 힘입어 지금까지 전해지게 되어, 역사책에 기록되고 종(鐘)이나 솥에 새겨진 것보다 도리어 나은 점이 있으니 학문과 예술을 소홀하게 여길 수 없음이 이와 같은 것이다. 그리고 보면 두보야말로 친구를 배반하지 않았다고 할만하다.

나는 유배된 이래로 친하게 지내던 사람들과의 관계가 모두 끊어지고, 사람들이 이미 헌신짝처럼 버렸으니 그들에 대한 나의 정도 역시 소원해져서 날로 멀어지고, 잊혀져 간다. 다만 어려움과 고초를 겪기 전에 함께 다니면서 즐겁게 지내던 기억만이 역력하여 눈에 선하고 순간순간 마음에 떠오르곤 한다. 그 당시 있었던 일을 기억해내고 그때 했던 말들을 기록하여 그때의 풍채와 기상을 비슷하게나마 상상해 보고 싶지만, 시상(詩想)이 막혀 마음속에서만 뱅뱅거릴 뿐이다.

금년 여름에 다산에서 병을 고치느라 글쓰는 일이 뜸할 때 비단 몇 폭을 찢어내어 손이 가는 대로 두서없이 기록해 놓았는데, 뒷날 시상이 확 떠오르게 되면 이것을 근거하여 시를 지어서 두보를 따르려 한다. 그것이 비록 영구히 전해지게 되리라고는 감히 바랄 수 없지만 옛 친구를 생각하며 혼자서 그 깊은 정을 펼치는 데 있어서는 착한 친구나 어리석은 친구의 구별이 없을 것이다. 마침 둘째가 옆에 있으니 그 애에게 주어 돌아가서 너에게 전해주도록 하겠다.

채제공의 효행을 본받아라

　번옹(樊翁) 채제공(蔡濟恭)은 지위가 참판에 이르렀으나 어버이를 섬김에 있어서는 궂은일을 도맡아 하였다. 도승지로 있을 때도 항상 퇴근하면 즉시 예복을 벗고 땔감을 안고 가서 아버지[응일, 지중추부사를 지냈음]의 방에 손수 불을 땠는데 그렇게 손수 하지 않으면 구들장의 온도가 알맞지 않을까 염려해서였다.

　채제공에게 누이가 있었는데 어린 남매를 남기고 요절하여 어머니가 데려와 키웠다. 어머니가 임종하면서 채제공에게 이렇게 말했다.

　"내가 이 두 애들을 너에게 부탁한다. 너는 내가 있을 때처럼 이 애들을 보살펴다오."

　그때부터 남자아이는 아들처럼 여자아이는 딸처럼 여기며 돌봤다. 남자아이는 이유경으로 참판이 되었고, 여자아이는 우진사(禹進士)의 아내가 되었다.

정조 17년(1793년) 여름에 채제공이 밤늦도록 조정에서 일을 보고 있는데 임금이 말했다.

"경의 집안에 우씨의 아내가 있소? 듣자하니 경을 험담하는 소문이 있으니 잘 살피도록 하시오."

채제공은 그간의 사정을 임금에게 아뢰고 집에 돌아와서도 조카인 우씨의 아내를 전과 다름없이 대하였으니 이는 참으로 훌륭한 행동이었다.

채제공의 덕량을 본받아라

번옹이 전에 나의 과거 합격을 축하해 주기 위해 우리 집에 오신 적이 있었다. 마침 자리가 서로 정면으로 마주보며 앉게 되었는데, 잠시 후에 손님들이 몰려와서 좌우로 이야기를 주고받다가 반나절이나 되어 파하였으나 번옹은 앉은 방향이 한 치도 틀리지 않았다. 정조 19년(1795년) 봄에 상휘호도감(上徽號都監)으로 휘호를 올리던 날, 육조판서 재상들이 모두 모였었다. 그때 내가 보니 그는 두 무릎을 땅에 붙이고 우뚝 앉아 움직이지 않는 것이 마치 무쇠로 주조한 산악과 같았는데, 다른 여러 재상들은 좌우로 기울이거나 기대면서 뼈 소리를 우두둑우두둑 내고 있었다. 그의 키는 보통 사람을 넘지 않았으며 허리둘레도 가늘었고, 얼굴도 우람스럽지 못했다. 한편 판서 권엄(權儼)은 신장이 9척이나 되고 허리와 얼굴이 모두 보통 사람보다 컸는데, 채제공의 곁에 보좌하며 앉아 있는 것을 보면 왜소하고 연약한 것이 마치 태산 앞에 작은 언덕이 있는 것처럼 느껴졌다. 나는 비로소 기상의 웅장함과 잔약함은 체구의 크고 작음에 있지 않음을 알았다.

> • 권엄(1729~1801)은 조선 후기의 문신. 형조판서, 병조판서를 역임하였고, 1800년(정조 24) 한직(閑職)인 중추부지사(中樞府知事)로 전임되어 있을 때 이가환(李家煥), 이승훈(李承薰), 정약용 등 천주교신자에 대한 극형을 주장하였다.

참판 오대익(吳大益)은 채제공의 처남으로 자(字)는 경삼이다. 전에 정주(定州) 사건으로 옥에 갇혔는데 여러 대신들이 물었다.

"경삼 오대익 사건에 대하여 공은 어떻게 아뢰려고 하십니까?"

그러나 채제공은 침묵을 지키며 아무 말이 없었다. 그러자 여러 대신들이 수군거렸다.

"오해받을 입장이기 때문에 감히 탄원을 하지 못할 것이다."

그런데 얼마 후에 희정당(熙政堂)에 입궐하여 오대익에 대해 탄원을 올리는데 그 말소리가 지붕의 기와가 흔들릴 정도로 컸다. 채제공은 이렇게 말했다.

"대신의 입장으로서 오해를 살만한 처지이기는 하지만 그렇다고 그의 죽음을 그냥 보고만 있을 수는 없어 아룁니다."

그러자 임금은 정색을 하고 칭찬하였다. 이날 채제공이 오대익 사건을 아뢰는 것을 본 사람들은 기가 위축되어 혀를 내두르면서 그의 의기를 장하게 여기지 않는 사람이 없었다. 결국 오대익은 사형 바로 아래 처벌인 귀양에 해당하는 차율(次律)의 처벌을 받았다.

정조 20년(1796년), 21년 사이에 소릉(少陵) 이가환(李家煥)이

• 소릉은 이가환(1742~1801)의 호. 조선 후기의 문신, 학자로 금대(錦帶), 정헌(貞軒)이란 호도 가지고 있다. 문과에 급제하여 여러 관직을 거쳐 형조판서에 올랐다. 정약용 등 주위 인물들 사이에 천주교 신앙이 확산될 때 이벽(李檗)과의 논쟁에서 설득당하여 한때 천주교인이 되었다. 문장에 뛰어나 당대의 학자로 널리 인정받았으며, 특히 천문학과 수학에 밝아 일식, 월식을 계산하였고, 지구의 둘레와 지름에 대한 계산을 도설로 제시할 수 있을 만큼 정밀한 수준에 이르렀다.

바깥출입을 않고 한가히 지내자, 간사한 무리들이 번옹과 그가 틈이 생겼다고 말을 지어내어 몇 개월 사이에 여러 사람들이 시끄럽게 떠벌렸다. 그러자 그에 대해 채제공에게 질문하는 사람도 있었는데 그는 입을 다문 채 답변하지 않으니 많은 사람들이 더욱 근거 없는 말이 아니라고 믿게 되었다. 마침 정월 보름날 밤에 권엄, 이정운 등 여러 대신들이 함께 지신(地神)밟기를 하러 가자고 청하는데, 채제공은 병이 났다고 핑계를 대고는 밤이 이슥했을 때 은밀히 사람을 보내어 소릉을 불러냈다. 그리고는 함께 광통교 위에서 병풍을 치고 사이좋게 마주앉아 고기를 구워놓고 술을 마시며 농담을 하면서 새벽종이 칠 때까지 있었다. 이때 온 성안의 구경꾼들과 관리나 시정의 유생, 소인배들이 모두 와서 엿보고서는 돌아가면서 이렇게들 말했다

"두 사람 사이가 벌어졌다는 말은 전혀 거짓말이었구나."

그 다음 날 이러한 소문이 퍼져 벼슬하는 사람 집집마다 모두 알게 되었고, 임금 귀에까지 알려지니 말을 지어낸 사람들이 시들해

지게 되었다. 그 후 며칠이 지나서 경모궁에서 채제공이 임금을 알
현했을 때 소릉이 능력 있는 사람이라고 한껏 추천하였으니 그의
어질고 너그러운 마음씨를 알 수 있는 것이다.

해좌공의 기개를 본받아라

해좌(海左) 정범조(丁範祖)는 성품이 염아(恬雅)하고 지조가 견고하고 확실하여 맹분(孟賁)이나 하육(夏育)의 힘으로도 뺏지 못할 기개가 있었다. 한 번은 해좌옹이 이조(吏曹)에서 물러나게 되어 급히 짐을 정리하여 법천으로 돌아가려고 하는데, 승지(承旨) 이익운(李益運)이 승정원에서 퇴근하여 이렇게 말했다.

> • 해좌는 정범조(1723~1801)의 호. 1785년(정조 9) 이후 이조참판, 형조참판을 거쳐 1799년 예문관제학이 되고, 1800년(순조 즉위) 실록지사(實錄知事)로서 《정조실록》의 편찬에 참여하였다. 문집에 《해좌집(海左集)》이 있다.
> • 맹분은 중국 전국시대, 하육은 주나라 때 힘센 장사.

"밀지(密旨)가 있을 것이니 며칠 뒤에 다시 제수(除授)의 명이 있을 것입니다. 급히 돌아가서는 안 됩니다."

"임금의 교서(敎書)가 조보(朝報)에 나왔소?" 하고 해좌가 말했다.

이익운이 놀라며 다시 말했다.

"밀지입니다."

"이미 조보에 나오지 않았다면 내가 떠나더라도 책임을 회피하여 태만하게 하는 것이 아니오." 해좌옹은 이렇게 말하고는 돌아보지도 않고 끝내 가버렸다.

또 한 번은 이런 일도 있었다. 해좌옹이 이조에 재직할 때에 어떤 사람이 해좌공을 위해서 꾀를 내는 자가 있어 이렇게 말한 적이 있었다.

"수령(守令)으로 처음 벼슬 나가는 사람이나 복직되는 경우는 지구(知舊)들을 임용해야 하고, 삼사(三司)의 여러 후보자에 있어서는 시류(時流) 사람들을 임용함이 옳습니다."

- 여기서 지구란 당신이 잘 아는 훌륭한 인물을 뜻한다.
- 시류란 그 당시 세력이 있는 쪽의 사람들을 말한다.

그러자 해좌공은 이렇게 말했다.

"삼사는 청빈하고 우뚝한 곳인데 어찌 수령의 아래로 낮추는 것이오?"

그리고는 삼사에 지구(知舊)를 많이 임용해 시속(時俗)에 물들지 않음을 보여 주었다.

독서인 소릉을 본받아라

소릉(少陵) 이가환은 구경(九經)을 막힘없이 술술 외웠으며, 백가서 (百家書)에도 두루 관통하여 막힘이 없었다. 어떤 사람이 시험해보 려고 흔히 볼 수 없는 글에서 한 글자 반 구절을 따다가 갑자기 묻 자 소릉은 그 글의 전문을 외어 10여 행을 그치지 않고 술술 내려 가니 시험하던 사람이 어이없어 하였다.

갑인년(1794년, 정조 18) 겨울에 도감당상(都監堂上)이 되었을 때에 사도세자에게 '개운(開運)' 등 여덟 글자의 휘호를 올리기로 의논하 였는데, 금등(金縢)의 뜻이 모두 빠져 있어 임금이 휘호를 고치고 싶어했으나 고칠만한 적당한 이유를 찾지 못하고 있었는데 소릉이 아뢰기를, "개운은 석진(石晉)의 연호입니다." 라고 하니, 드디어 고 치기로 의논을 정하였다. 그리고 반드시 독서인을 등용해야 한다 는 뜻의 성교(聖敎)를 내렸다.

• 금등이란 서경(書經)의 편명이다. 주(周)나라 무왕이 병이 나자 주공(周公)이 왕실(王室)이 편안치 못하고 은민(殷民)이 굴복하지 아니하여 근본이 흔들리기 쉬우니 세 선대 왕(태왕, 왕계, 문왕)에게 무왕의 명을 자기가 대신 받아 죽게 하고 무왕은 살려달라고 축원한 것을 사관(史官)이 기록하여 금궤 속에 감추어 두었던 것을 말하는데, 여기서는 영조가 사도세자의 사건에 대해 후회하는 뜻의 사연을 적어 정조에게 물려준 것을 말한다. 영조는 동혜(桐兮)라고 시작되는 28자를 친히 써서 사도세자의 신판(神板) 밑에 넣어두었기 한다. 그 내용이 휘호에 반영되지 않았기에 왕이 휘호를 고치고자 한 것이다.
• 석진은 오대(五代)의 후진(後晉)을 말한다. 석경당(石敬瑭)이 거란병을 이끌고 후당(後唐)을 멸망시킨 다음 세운 나라.

을묘년(1795년, 정조 19) 봄에 공조 판서에 특별히 임용되었고, 또 인정문(仁政門)에서 전좌(殿座)한 때에 특별히 나를 불러서 전교(傳教)를 받아쓰도록 하였으니, 이는 아마도 '개운'에 대하여 올린 답변이 매우 임금의 뜻에 부합하였기 때문이었다.

소릉은 나보다 20세가 더 위였으나 국가의 큰일을 함께 논하다가 충의(忠義)에 뜻이 맞아 감격하면 훌쩍 일어나 절을 하곤 하였다. 만년에는 오사(五沙) 이정운(李鼎運)과 서로 좋게 지내며 달뜨는 밤이면 만나서 함께 손수 박자를 맞춰가며 거문고를 타기도 하였다. 뜰 앞에는 오동나무 한 그루와 파초 한 떨기가 있어서 맑은 그림자만 너울거려 한 점 진토(塵土)의 기운도 없었으니 그야말로 당시의 풍류였다.

덕행이 높은 복암을 본받아라

복암(茯菴)은 젊어서 정산(貞山) 이병휴(李秉休)와 예헌(例軒) 이철환
(李喆煥)의 문하에서 배웠는데 어디를 가도 항상 걸어서 다녔다.

> • 복암은 이기양(李基讓, 1744~1802)의 호. 조선 후기의 천주교도.
> 1774년 진사시에 장원급제하였으며, 1800년 진하부사(進賀副使)로 청
> 나라에 갔다가 천주교 교리를 듣고 은밀히 신봉했다. 그 후 조선으로
> 돌아와 실학자 이가환(李家煥) 등과 사귀며 서학(西學)을 강론하였다.

특히 경서에 많은 노력을 기울였다. 뒤늦게 진산군수(珍山郡守)
가 되었는데 그때에 임금이 덕행이 높은 사람을 급히 구하자 여
러 사람들이 모두 복암을 추천하여 서울로 오게 하였다. 그리고
얼마 있다가 집을 하사하고 몇 년 사이에 등급을 뛰어넘어 참판
에 이르렀으니 근세에 없던 일이었다. 임금의 뜻은 항상 복암과

나를 왕릉(王陵)과 진평(陳平)이 소하(蕭何)를 계승한 것에 비교하였다.

> • 소하, 왕릉, 진평은 모두 한고조(漢高祖)의 명재상이며, 공신. 여기서는 정조가 당시의 명재상 채제공을 소하에 비유하고, 채제공을 이어서 정승에 오를 사람으로 복암 이기양을 왕릉에, 이기양을 보필할 다산을 진평에 비유한 것을 말한다.

그분이 의주부윤(義州府尹)이 되어서는 청렴하고 관대하여 명성이 도하에까지 널리 퍼졌다. 만년에는 해학(諧謔)을 좋아하였으며, 더위에 병이 걸려 자기 몸을 단속하지는 못했으나 그분의 모든 행동은 엄숙하고 근엄하였다. 내가 무슨 말을 할 때마다 무릎을 치며 탄복하여 칭찬하였으며, 나의 문장에 대해서도 역시 깊이 인정해 주었다.

(1808년 윤 5월 다산서각에서)

꿈을 갖고 노력하면 이루어진다

용(勇)이란 삼덕(三德)인 지(智), 인(仁), 용(勇)의 하나다. 성인(聖人)이 만물의 뜻을 깨달아 모든 일을 이루고 천지(天地)를 다스리는 것은 모두 용으로 하는 것이다.

"중국 태고(太古)의 천자 순(舜)임금은 어떤 사람인가? 나도 순임 금처럼 하면 그와 같이 된다."

이렇게 말하는 것이 바로 용이다.

세상을 다스리는 학문을 하고 싶은 사람은, "주공(周公)은 어떤 사 람인가? 나도 주공처럼 하면 그와 같이 된다."라고 하면 된다.

뛰어난 문장가가 되고 싶은 사람은, "유향(劉向)과 한유(韓愈)는 어떤 사람인가? 나도 그들처럼 하면 그와 같이 된다."라고 하면 된다.

명필이 되고 싶은 사람은, "중국 진(晉)나라의 유명한 서예가 왕

희지(王羲之)와 그의 아들 왕헌지(王獻之)는 어떤 사람인가? 나도 그들처럼 하면 그와 같이 된다."라고 하면 된다.

부자가 되고 싶은 사람은, "중국 춘추전국시대 월(越)나라 부자 도주공(陶朱公)과 도주공으로부터 부자가 되는 방법을 배우고 실천해 부자가 된 노(魯)나라 의돈(猗頓)은 어떤 사람인가? 나도 그들처럼 하면 그와 같이 된다."라고 하면 된다.

한 가지 소원이 있으면 어떤 한 사람을 목표로 정해 그 사람과 동등한 경지에 이르고서야 그만두겠다고 결심하고 용기를 갖고 노력하면 이를 수 있는 것이니, 이것이야말로 용의 덕이라고 할 수 있는 것이다.

아량을 베풀고 용서해라

둘째 형님[정약전(丁若銓)]은 나의 속마음을 진정으로 알아주는 친구 같으신 분이셨다. 전에 이런 말씀을 하신 적이 있다.

"내 아우는 흠잡을 것이 없지만 남의 잘못을 이해하고 감싸주는 아량이 부족한 것이 흠이다."

나는 네 어머니와도 속마음을 진정으로 알아주는 친구나 마찬가지인데 전에 이렇게 말한 적이 있었다.

"너희들 어머니는 흠잡을 것이 없지만 아량이 좁은 것이 흠이다."

너는 나와 너의 어머니의 자식이니 어떻게 바다같이 넓은 도량을 가질 수 있겠느냐만, 아무래도 너는 너무 심한 편이다. 아들이 아비보다 더 심한 것은 이치로 보아서는 그렇다고 할 수 있지만, 끝내 그처럼 남의 잘못을 티끌만큼도 용납하지 못할까 걱정이다. 물론 온갖 것을 포용하고 받아들이기를 넓고 넓은 바다처럼 할 수는 없겠지만 말이다.

　도량의 근본은 용서함에 있다. 용서만 할 수 있다면 좀도둑이나 난적이라 할지라도 아무 말 없이 보아 넘길 수 있을 것인데 하물며 그 밖의 웬만한 일들이야 말할 게 있겠느냐?

누구에게나 할 수 있는 일이 있다

　옛날의 선왕들은 사람을 임용하는 데 지혜가 있었다. 소경에게 는 음악을 담당하게 하고 절름발이에게는 대궐문을 지키게 하며, 환관들은 궁내(宮內)를 출입케 하였으며, 곱사 · 불구자 · 허약자 등 장애인에게도 적당한 임무를 맡겼는데, 이것은 우리가 깊이 생각 해 볼 일이다.

　집안에 종 하나를 두고 있는데 너희 형제는 늘 "힘이 약해서 일 을 제대로 하지 못한다"고 하고 있다. 이는 너희들이 난장이에게 산을 뽑아오라는 식의 큰일을 시키려 하기 때문에 그의 힘이 약하 다고 걱정하는 것이다.

　집안일을 처리할 때 위로는 바깥주인과 안주인에서부터 남자 · 여자 · 어른 · 아이 · 형제 · 동서들과 아래로는 노비들의 아이들에 이르기까지 5세 이상만 되면 각자에게 할 일을 나누어 주어 한 시각이라도 놀지 않게 하면 가난하고 궁색함을 걱정하지 않게 된다.

　내가 장기에서 유배생활을 할 때 주인 성(成) 아무개는 어린 손녀가 겨우 다섯 살인데도 뜰에 앉아 솔개를 쫓게 하였으며, 일곱 살짜리에게는 손에 막대기를 들고 참새 떼를 쫓게 하여 한솥밥을 먹는 사람이면 모두 맡은 일이 있게 하였으니, 이는 본받을 일이다.

　사람이 사는 집에서 바깥노인은 칡으로 노끈을 꼬고, 안노인은 늘 실바구니를 들고 실꾸리를 감으며, 비록 이웃에 놀러가더라도 일손을 놓지 않아야 하는 것이다. 그러면 그 집안은 반드시 여분의 식량이 있어 가난을 걱정하지 않게 된다.

내것 네것을 따지지 마라

　어떤 집안의 둘째 아들 중에는 따로 살림을 나가지 않았을 때에 과수원이나 채소밭의 일을 보살피려 하지 않는 경우가 있는데, 그들의 마음은 따로 살림을 나서 자기 소유의 토지를 갖게 되면 최선을 다해 경영하겠다고 생각하고 있을 것이다. 그러나 이것은 본래 사람의 성품에서 나오는 것으로, 자기 형의 과수원을 보살피지 못하는 사람은 제 과수원도 보살피지 못한다는 것을 몰라서 그러는 것이다. 너는 내가 다산에다 연못을 파고 둑을 쌓고 채소밭을 가꾸는 일에 힘과 마음을 다하던 것을 보았을 것이다. 그러나 그것이 앞으로 내것으로 만들어 자손들에게 전해주려는 뜻에서 그렇게 했겠느냐? 일하는 것을 참으로 좋아하는 성품이라면 내 땅 네 땅 구분이 없는 것이다.

세상을 **큰 눈**으로 보아라

한 차례 배가 부르면 살이 찌겠다고 여기고, 한 차례 굶으면 마를까 걱정하는 것은 천한 짐승들이나 하는 짓이다. 소견이 좁은 사람은 오늘 당장 마음먹은대로 일이 되지 않으면 바로 눈물을 줄줄 흘리고, 다음 날 일이 마음먹은대로 되면 바로 벙글거리며 표정이 밝아져 모든 근심·유쾌함·슬픔·기쁨·감격·분노·애정·미움 등의 감정이 아침저녁으로 변한다. 그러나 달관의 경지에 이른 사람이 보면 비웃지 않겠느냐? 중국 북송 때의 시인 소동파(蘇東坡)는 이렇게 말했다.

"속된 눈으로 보면 너무 낮고 하늘을 통하는 눈으로 보면 한없이 높은 것이다."

장수하고 단명함이 종이 한 장 차이이고 죽고 사는 것이 매일반이라고 여겼으니, 그가 보는 눈은 너무 높은 데 있었다. 요컨대 꼭 알아야할 것은 아침에 햇볕을 먼저 받는 곳은 저녁 때 그늘이 먼저 지고, 일찍 피는 꽃은 그 시듦도 빠르다는 진리인 것이다. 운명은 돌고돌아 한 시각도 멈추지 않는 것이니 이 세상에 뜻이 있는 사람은 한때의 재난 때문에 청운의 뜻까지 꺾어서는 안 된다. 대장부 가슴속에는 가을 매가 하늘로 치솟는 기상을 지녀야 되고, 천지가 눈 안에 있어야 되고, 우주도 손바닥 안에 있다는 생각을 갖고 있어야 된다.

스무 살의 꿈

　나는 스무 살 때에 우주에서 일어나는 모든 일을 밝혀 정리하고 싶었으며, 30세가 되어서나 40세가 되어서도 그러한 뜻이 변하지 않았다. 모진 풍상을 겪은 이래로 백성과 나라에 관계되는 일인 전제(田制)·관제(官制)·군제(軍制)·세무(稅務)와 같은 일에 대해서는 결국 관심을 줄일 수 있었으나 경전(經傳) 해석에 있어서는 오히려 잘못된 것을 파헤쳐 올바른 이론으로 고치고 싶었는데 이제는 중풍으로 쓰러지게 되어 그런 마음이 점점 줄어든다. 그러나 건강이 조금이라도 좋아지면 여유가 생겨 또다시 불끈 옛 생각이 살아나곤 한다.

말하고 행동하기 전에 **먼저 생각하라**

남이 알지 못하도록 하고 싶으면 그 행위를 하지 않는 것보다 더 좋은 것이 없고, 남이 듣지 못하도록 하고 싶으면 그 말을 하지 않는 것보다 더 좋은 것이 없다. 이 두 구절의 말을 평생 동안 몸에 지니고 외운다면 위로는 하늘을 섬길 수 있고 아래로는 집안을 보존할 수 있다. 세상의 모든 재난과 우환, 천지를 흔들며 사람을 죽이고 가문을 뒤엎는 죄악은 모두 비밀리에 하는 일에서 빚어지는 것이니 행동할 때와 말할 때에는 먼저 깊이 생각해야 한다.

항상 열흘쯤 되면 집안에 쌓여 있는 편지를 점검하여 번잡스럽거나 남의 눈에 거슬릴 만한 것이 있으면 하나하나 가려내어 심한 것은 불에 태우고, 덜한 것은 노끈으로 만들고, 그 다음 덜한 것은 찢어진 벽에 바르거나 책 표지를 싸면 기분이 산뜻해진다.

편지 한 장을 쓸 때마다 반드시 두 번 세 번 읽어보면서, "이 편지가 사거리의 번화가에 떨어져 있어 원수진 사람이 읽어보더라도 나에게 잘못이 없을 것인가?" 라고 생각하고, 또 "이 편지가 수백 년 뒤까지 전해져서 안목 있는 어떤 사람이 보더라도 나에게 비난이 없을 것인가?" 라고 생각한 뒤에 봉함해야 하니, 이것이 군자가 근신하는 태도이다. 나는 젊은 시절에 글씨를 빨리 썼기 때문에 이 원칙을 많이 어겼었다. 그러나 중년에는 재앙이 두려워 점차로 이 원칙을 지켰더니 많은 도움이 되었다. 너희들은 이 점에 명심하여라.

(1810년 2월 다산의 동암에서)

어려워도 글공부는 **포기하지 마라**

　너는 나를 섬길 수 없어 가슴이 찢어지는 듯하다고 했는데 왜 그러한 마음으로 큰아버지를 섬기지 못하느냐? 옛날에는 일찍 부모를 여의면 나무를 깎아 부모 형체를 만들어 의지하며 사모하는 사람도 있었거늘, 하물며 아버지의 형제는 성인(聖人)께서도 부모 섬기듯 해야 한다고 하지 않았느냐! 정성을 쌓고 생각을 집중한다면 내가 한 말에 믿음이 갈 것이니 골똘히 생각하고 또 생각해 보거라.

　사대부의 집에서 한번 관직과 봉록의 연을 잃으면 집안이 몰락하여 떠돌이 비렁뱅이가 되어 천한 무리에 섞이지 않는 사람이 없다. 그 이유 중 하나는 자포자기하여 경전과 글공부를 포기하기 때문이며, 다른 하나는 놀며 입고 먹으며 생활습관을 고치지 못하기 때문이다. 비록 풍월을 읊으며 어려운 운자(韻字)를 넣어 시의 우열을 겨루어서 한때의 헛된 명예를 얻는다 하더라도, 그것은 물결에 떠내려가는 꽃잎과 같아서 곧 사라져 버리고 마는 것이다. 근본과 근원이 없는 학문이 어떻게 크게 떨칠 수 있겠느냐.

그리고 먹고 입는 것을 해결하는 방법으로는 우선 뽕나무와 삼을 심고 채소와 과일을 심는 것이며, 부녀자는 부지런히 실을 뽑고 베를 짜는 것이 그래도 할만한 일이다. 그 외에 돈놀이나 물건 파는 일, 약을 파는 일과 같은 것들은 모두 아주 악착스러운 사람들이나 할 수 있는 것이다. 인간미가 조금이라도 있는 사람이라면 본전을 깎아먹고 본업까지 잃지 않을 사람이 없을 것이니 그런 일은 아예 할 생각을 말아라.

재물은 옳은 방법으로 모아라

권세있는 요직의 사람들에게 접근하여 인연을 맺고 재판하는 일을 청탁하여 그 더러운 찌꺼기나 빨아먹고, 무뢰한들과 결탁하여 시골의 어리석은 사람들을 속여서 뇌물이나 뜯어먹는 것은 모두 제일 나쁜 간사한 도둑이다. 적게는 욕을 먹고 질책받아 명예를 떨어뜨리게 되고, 크게는 법률에 걸려 형벌을 받게 된다.

또 모든 옳지 못하게 모은 재산은 오래 지킬 수가 없는 것이다, 너는 포교나 나졸들의 재산이 일생동안 부지되는 것을 보았느냐? 버는대로 써버리고는 또 다시 악착같이 이익을 추구하는데, 비유하자면 굶주린 귀신 혀끝의 한 방울 물로 불을 끄는 격이 되어 끝내 돈을 모을 수가 없는 것이다. 그렇기 때문에 반드시 근본적인 해결책을 찾아야 되는 것이다.

열심히 경전을 연구하고, 부지런히 과수원과 채마밭에 힘을 다하며, 겸손한 마음으로 분수에 맞게 살고 집안 행사를 줄이고 경비를 절약하면 가문을 보존하는 어진 아들이 될 것이다.

　그리고 남의 집에 손님으로 가서 며칠을 머물러 있어도 어느 총각이 누구의 아들임을 분별할 수 없을 정도로 지낸다면 이는 형제 간에 서로 화목하고 품행이 좋은 집안인 것이다.

이잣돈을 함부로 쓰지 마라

세상 물정을 잘 모르는 아낙네에게는 살림만을 맡겨야 된다. 그 중에서도 순박한 아낙네는 잘 보살펴 가르쳐 주고, 꾸짖을 때는 반드시 알아듣도록 잘 설명해야 된다. 내가 전에 아낙네들은 깨진 그릇과 같이 새는 구멍이 많다고 하였는데 지나친 말이 아니다. 그리고 함부로 이잣돈을 쓰는 사람은 반드시 가산을 망치는 법이다. 벼슬하는 집안이야 그런대로 갚아나갈 수가 있겠지만, 만약 농사짓는 집이나 가난한 선비의 아내가 감히 이잣돈을 쓰는 버릇이 있을 경우 사적인 법률을 정해서 한 번 위반하면 경고하고 두 번 위반하면 못하게 하고, 세 번 위반하면 쫓아내도 되는 것이다.

정도를 걸어라

옛날에 못난 자식으로는 조괄(趙括)을 첫째로 쳤다. 그러나 조괄
은 아버지의 저서를 읽을 줄은 알았다. 다만 그 저서를 필요한 것
에 응용하고 활용하는 방법을 통달하지 못했을 뿐이었다. 너희들
은 내 저서를 읽지도 못하니 만약 중국 후한 초기의 역사가 맹견(孟
堅)으로 하여금 사람의 등급을 매기는 표를 만들게 한다면 너희

> • 맹견은 반고(班固, 32~92)의 자. 중국 후한 초기의 역사가. 《한서(漢
> 書)》 편집에 종사하였다. 62년경 국사를 개작(改作)한다는 중상모략으
> 로 투옥되기도 했으나 명제(明帝)의 용서를 받아, 20여 년 걸려서 《한
> 서》를 완성하였다. 《백호통의(白虎通義)》를 편집하였으며, 문학 작품
> 으로 《양도부(兩都賦)》 등이 있다.

들은 반드시 조괄의 아랫자리에 놓일 것이니 분하지도 않느냐? 노
력하고 또 노력하여라.

네가 갑자기 의원이 되었다는데 어떻게 된 일이냐? 무슨 목적이 있는 것이냐? 네가 그 의술을 빙자해서 요즘의 재상들과 친분을 맺어 아비가 죄에서 풀려날 수 있도록 도모하려는 것이냐? 옳지 못한 일일 뿐만 아니라 할 수도 없는 일이다. 세상 사람들이 흔히 말하는 '겉으로만 인정을 베푸는 척 한다'는 말을 너는 알고 있느냐? 힘 안 들이고 입만 놀려 너의 마음을 기쁘게 해주고는 돌아서서 냉소하는 자들이 대부분이라는 것을 너는 아직도 깨닫지 못한 것이냐? 은근히 권세가 있는 듯이 행세하여 상대방으로 하여금 굽실거리며 아부하게 한 것인데 네가 과연 그 술수에 빠졌으니 어리석은 행동이 아니겠느냐?

높은 벼슬을 하며 덕이 높고 학문이 깊은 사람들 중에도 별도로 의술을 연구하는 사람이 있기는 하지만 그렇다고 천하게 의원 노릇을 하지는 않는다. 그리고 병자가 있는 집에서도 감히 곧바로 그에게 묻지 못하고 서너 너덧 단계를 거치고서야 겨우 처방 한 가지를 얻어낸다. 그리고 그 처방을 귀중한 보물을 얻은 것같이 여기고들 있는데 그런 정도로 하는 것은 괜찮다고 할 수 있다. 그런데 지금 너는 소문을 내고, 대문을 활짝 열어놓고 온갖 종류의 사람들이 날마다 떼지어 찾아들게 하고 있다니, 그리고 조무래기 짐승 같은 한량 잡배들과 그들의 내력도 모르고 근본과 행실도 자세히 모르면서 모두 잠깐 만난 처지에 친구가 되고 있는가 하면, 그들로부터 관곡(館穀)까지 전당잡고 있다 하니 이게 무슨 변고란 말이냐?

앞으로 일어나는 일은 나에게도 귀가 있으니 다 들어올 것이다.

만약 그걸 고치지 않는다면 살아서는 왕래도 하지 않을 것이며, 죽어서도 눈을 감지 않을 것이니 너는 생각을 잘 하여라. 나는 다시 말하지 않겠다.

나는 지금 중풍으로 사지를 쓰지 못하고 있으니 이치로 보아 오래 살 것 같지 않다. 다만 단정히 앉아 건강관리나 잘 하면서 다른 합병증만 없다면 혹 조금은 더 오래 살 수도 있을 것이다. 그러나 세상일이란 미리미리 정리해 놓는 것이 좋을 것 같아 내가 이제 그 일을 말해 주겠다. 옛날 예법에 따르면 난리통에 죽는 사람은 조상의 선산에다 묻지 못한다 했는데, 이것은 제 몸을 삼가지 않았다고 해서다. 순자(荀子)는 죄인들에게 적용하는 상례(喪禮)를 따로 두었는데 욕됨을 보여 경계하도록 함이었다. 내가 이곳에서 죽는다면 이곳에다 묻어두고 나라에서 죄명을 씻어 줄 때를 기다렸다가 그때 가서 객지에서 죽은 자를 고향에다 장사지내는 반장(反葬)을 해야 된다. 너희가 예의 뜻을 이해하지 못하여 나의 유언을 지키지 않는다면 어떻게 효자라고 하겠느냐? 만약에 다행히 은혜를 입어 뼈라도 선산에 돌아가 묻힐 수 있다면 그 죽음이야 슬펐어도 그 반장은 영화로운 것이 아니겠느냐? 세상 사람들에게 죽은 뒤에라도 은혜를 입었음을 알게 할 수 있을 것이니 길이 빛날 일이 아니겠느냐? 침착하게 생각하여 각별히 내 말에 따르도록 하여라.

제갈공명의 뽕나무

살림살이를 꾸려가는 방법에 대하여 밤낮으로 생각해 보아도 뽕나무 심는 것보다 더 좋은 것이 없겠다. 나는 이제야 제갈공명(諸葛孔明)이 뽕나무를 심어 생활을 꾸려나간 지혜보다 더 나은 방법이 없다는 것을 알게 되었다.

> • 뽕나무를 심어 생활을 영위한 지혜를 말한다. 제갈량이 후주(後主) 유선(劉禪)에게 올린 표(表; 마음에 품은 생각을 적어 임금께 올리던 글)에 보면 성도(成都)에 뽕나무 800주가 있다고 하였다.

과일을 파는 일은 본래 깨끗한 평판이야 듣겠지만 어차피 장사하는 일에 가깝고, 뽕나무 심는 일은 선비의 품위를 잃지 않으면서도 큰 장사꾼과 같이 이익을 남길 수가 있으니 세상에 어디 이런 일이 있겠느냐?

이곳 남쪽 지방에 뽕나무 365주를 심은 사람이 있는데 해마다 365 꿰미의 동전을 벌고 있다. 1년을 365일로 보면 하루에 한 꿰미로 식량을 마련하더라도 죽을 때까지 궁색하지 않을 것이며, 깨끗한 평판을 들으며 세상을 마칠 수 있으니 이 일은 가장 힘써 배워야 할 일이다.

그 다음으로는 누에 치는 방 3칸을 짓고 침상을 7층으로 하여 모두 21칸에 누에를 길러 아낙네들도 놀고먹는 사람이 없도록 하는 것이 또한 좋은 방법이다. 금년에는 오디가 잘 익었으니 너는 그 점을 소홀히 말아라.

(1810년 봄, 동암에서)

아욱이야기

중국 명나라 때 농학자 현호(玄扈) 서광계(徐光啓)가 지은 《농정전서(農政全書)》주석에 이런 말이 있다.

'옛사람이 아욱[葵·규]을 채취할 때는 반드시 이슬이 마른 때를 기다렸으므로 이름을 노규(露葵)라고도 한다.'

여기서 '채취한다'는 표현은 잘못된 표현으로 '뜯는다'가 올바른 표현으로 보인다.

《이아(爾雅)》에는, '종규(蔠葵)는 번로(繁露)이다'라고 표현되어

> • 《이아》는 BC 2세기경 주(周)나라의 주공(周公)이 지은 것으로 전해지는 자서(字書·사전).

있는데 번로라는 말은 아욱잎이 이슬을 가장 잘 받을 수 있으므로 지어진 이름이다. 이른바 노규란 본래 종규를 말하는 것인데 시인

들이 혼용하고 있을 뿐이다.

중국 당나라 때 시인 왕유(王維)의 시에 다음과 같은 구절이
있다.

> • 왕유(699?~759)는 중국 당(唐)나라의 시인, 화가. 9세에 이미 시를
> 썼으며, 서(書)와 음곡(音曲)에도 재주가 뛰어났다. 특히 산수, 자연의
> 청아한 정취를 노래한 수작(秀作)이 많다.

시인이 사물을 읊을 때마다 어떻게 다 물으랴(詩人詠物何得問 · 시인
영물하득문) 농부가 조금 꺼리는 것은 바로 노규라네(老圃小忌且露葵 ·
노포소기차노규)

노규는 아욱의 미칭(美稱)이지 이슬에 젖은 아욱을 말하는 것이
아니다. 아침에 꺾는다고 무슨 문제가 되겠느냐.

'뜯는다' 는 것은 줄기를 절단함이다. 한낮에 부추를 자르면 칼날
이 닿은 곳이 마르고, 이슬이 있을 때 아욱을 뜯으면 자른 곳에 습
기가 배어드니 모두가 생리에 해로우므로 채마밭을 가꾸는 사람이
꺼릴 따름이지 먹는 사람에게 해가 있어서가 아닌 것이다.

중국 후위(後魏) 때 사람으로 제민요술(濟民要術)을 지은 가사협(賈
思勰)은 이렇게 말했다.

> • 가사협은 6세기경 중국 후위(後魏)때의 사람. 현존하는 중국 최고(最
> 古)의 종합적인 농업서적 《제민요술(齊民要術)》의 저자이다. 그의 생애
> 에 관한 자세한 것은 알려져 있지 않고, 다만 북위(北魏)의 고양군(高陽
> 郡) 태수(太守)였던 사실만 알려져 있다. 이 책 속에 많은 책이 인용된

"가을 채소를 뜯을 때는 반드시 5~6개의 잎을 남겨 두어야 한다. 잎을 따지 않으면 줄기가 약해지고 잎을 많이 남겨 두면 포기가 커진다. 무릇 아욱을 뜯는 데는 반드시 이슬이 마른 뒤를 기다려야 하느니라."

다산 정약용의 삶

　다산 정약용은 1762년(조선 후기 임오년, 영조 38년) 음력 6월 16일 경기도 남양주시 조안면 능내리 한강변 마현마을에서 아버지 정재원(荷石 丁載遠)과 어머니 해남 윤씨(海南 尹氏) 사이에서 태어났다. 당시로는 경기도 광주군 초부면 마재이다.

　정씨 집안은 8대 연속 홍문관 학사를 배출한 적이 있는 집안이었고, 외가도 학문과 예술을 하는 윤선도(孤山 尹善道)의 후손이었다. 큰아들 약현(若鉉)부터 약전(若銓), 약종(若鍾), 약용(若鏞) 형제와 딸을 두었다. 정약용이 아홉 살 때 어머니가 세상을 뜨고 12살 때 서울에서 20세의 김씨(1754-1813)가 서모로 들어왔는데 어린 다산을 친자식처럼 돌봐주었다.

　다산의 누이는 조선 최초의 영세교인인 만천 이승훈(蔓川 李承薰)에게 시집갔고, 당시 명망이 높던 이가환(李家煥)은 이승훈의 외삼촌이며 이익(星湖 李瀷)의 종손이다. 또 백서(帛書)사건으로 유명한 황사영은 16세 때 진사시에 장원급제한 수재로 정약용의 맏형인 약현의 딸(丁命蓮)에게 장가들었다. 이러한 혼맥으로 자연스럽게 이익의 학문을 접하면서 유학을 이어받고, 서학(西學)에도 눈을 뜨게 됐다. 서학에 관심을 갖게 되면서 당시 부패한 유학의 유해성을 깨닫게 되고, 서구의 과학기술에 눈을 돌려 자신의 실학사상을 발전시키는 계기가 되었다.

　22살(1783년) 때 경의과 진사시험에 합격하여 성균관에서 공부를 하면서 33살의 정조로부터 실력을 인정받고 총애를 받았다. 1789년(정조 13년)에 과거에 급제하여 벼슬길에 올라 많은 업적을 남겼으나 천주교를 탄압하는 신유사옥(1801년)에 연루되어 경상도 장기로 유배된다. 이때 다산의 작은 형 약종과 약종의 가족들이 모두 희생당했다. 이가환과 이승훈도 역시 죽음을 당당했다. 장기에 유배되어 있던 다산은 '황사영 백서사건'으로 다시 서울로 압송되어 취조를 받았으나 관련사실이 드러나지 않아 극형은 면했지만 형 약전은 흑산도로, 다산은 강진으로 유배되고 황사영은 죽음을 당한다.

형 약전은 학문이 뛰어났으며 다산의 학문을 알아주는 지기(知己)이기도 했다. 1801년 11월 하순 함께 귀양길에 올라 나주 율정(栗亭)에서 헤어진 후 서로 한번도 만나보지 못하고 약전(59세, 1816년)은 유배지에서 세상을 떴다.

다산은 18년 동안 귀양살이를 하면서도 백성의 생활개선을 위한 학문 연구와 저술에만 힘썼고, 석방돼 고향에 돌아와 18년을 더 살면서도 저술에 몰두해 500여 권의 저서를 남기면서 실학사상을 집대성해 독자적인 학문을 체계화시켰다.

1836년 음력 2월 22일 그의 나이 75세로 세상을 마쳤다